AF611201
N° 1
Lou Miécart
de las Negras
(Le Demi-quart des Puces)
POÉSIE EN LANGUE LIMOUSINE : DIALECTE DE TULLE
PAR
JEAN BEYRAMIEL
Illustrations par deux jeunes Compatriotes
PRIX : 2 FR. 50
TULLE — IMP. [MAZEYRIE] — 1894
RUPES VIAM
ITER
REYMOND SC

LOU MIÈCART DE LAS NEGRAS

(LE DEMI-QUART DES PUCES)

Souvenirs Tullistes
Lou Miécart
de las Negras
N° 1
(Le Demi-quart des Puces)
POÉSIE EN LANGUE LIMOUSINE : DIALECTE DE TULLE
PAR
JEAN BEYRAMIEL
Illustrations par deux jeunes Compatriotes
PRIX : 2 FR. 50
TULLE — IMP. MAZEYRIE — 1894
ITER
RAYMOND

©

PRONONCIATION DU LANGAGE TULLISTE

Toutes les lettres se prononcent comme en français, sauf les exceptions suivantes :

éi, *ai* = *é-i*, *a-i* en une seule syllabe : *réi* (roi, racine), *séi* (suif), *péiri* (parrain), *maire* (mère), *paire* (père) se prononcent : ré-i, sé-i, pé-i-ri, ma-i-re, pa-i-re.

é, *e*. Avec l'accent, *é* se prononce comme en français ; sans accent, *e* a un son moyen entre les sons qu'ont les voyelles françaises e, i. *Tene* (tenir) ne se dit ni *tini* ni *tene* comme on prononcerait en français, mais avec un son intermédiaire qu'il est impossible de figurer ici, comparez : *sér* (serpent), *sir* (cil), *ser* (soir).

ï. Forme à lui seul une syllabe. *Flour d'aï* (fleur de lys), *oï* (huile), *poïs* (pays) se prononcent : flour d'a-i, o-i, po-i.

u, *ù*. Sans accent, u a le même son qu'en français : *lusi* (luire). Mais avec l'accent, *ù* se dit *ou*, d'une syllabe : *paù* (peu, guère), *rièù* (ruisseau), *seù* (sien), *meù* (mien), *nieù* (nid), *béù* (bœuf), *léù* (bientôt), *naùt* (neuf, 9), *saùt* (saut), *soùs* (sous, monnaie), *poù* (peur), *toù* (hanneton) se prononcent : pa-ou, rie-ou, se-ou, me-ou, nie-ou, bé-ou, lé-ou, na-ou, sa-ou, so-ou, po-ou, to-ou. — *Ou* sans accent se prononce comme en français : *pou* (bouillie, puits), *sout* (sabot), *loubo* (louve).

ch = *ts*. *Che* (chien), *chato* (chate), *chambro* (chambre), *chovon* (chouette) se prononcent : tse, tsato, tsambro, chovon. A la fin d'un mot, *ch* ne se prononce pas : *drech*, *drecho* (droit, droite), *endrech* (endroit).

j partout et *g* seulement devant *e*, *i* = *dz*. *Jano* (Jeanne), *Jar* (coq), *joïo* (jolie, joie), *gerbo* (gerbe), *gile* (gilet), se prononcent : dzano, dzar, dzoïo, dzérbo, dzile. A la fin d'un mot, *j* ne se prononce pas : *omij*, *omijo* (ami, amie).

lh = *ill*. — *Calho* (caille), *palho* (paille), *velhado* (veillée), *filho* (fille), *filholas* (filleules).

in, *un* = *inn*, *unn*. — *Pin* (pin, arbre), *vint* (vingt), *degun* (personne), se prononcent : pinn, vinn, degunn.

s, entre 2 voyelles = le *j* français. *Cose* (cuire), *roso* (rose), *rousier* (rosier), se prononcent : coje, rojo, rougié (Rogier, Roger).

s partout ailleurs = le *ch* français. *Savi* (sage), *rosso* (rosse), *tasso* (tasse), *gorso* (lieu stérile) se prononcent : chavi, rocho, tacho, gorcho.

Elision. — Les voyelles, simples ou composées terminant un mot, s'élident devant la voyelle qui commence le mot suivant : *Misèro é Coumpocieù* (Misère et Compassion), *coumo ir* (comme lui), *joïo en vilo* (joie en ville), *érou onads* (ils étaient allés), *edolou en rire* (ils crient en riant), se prononcent : Miséré Coumpocieù, coumir, joïen vilo, éronads, edolen rire. Quelquefois c'est la voyelle initiale du second mot qui s'élide et non pas la voyelle finale du mot précédent : *fai uno bouno obro* (fait une bonne œuvre), *res ma uno chansou gaio* (rien qu'une chanson gaie) qui se prononcent : faino bounobro, res mano chonsou gaio.

Du repos des humains implacable ennemie,
J'ai rendu mille amants envieux de mon sort :
Je me repais de sang, et je trouve la vie
Dans les bras de celui qui recherche ma mort.

(BOILEAU.)

PETIT SUVENI

(1)
D'UN CHÉITIVIÉR

O MOUSSIU RÉIMOUN TOINET

ONTAN OBOÛCAT GENERAR

ONÉ OBOUCAT O TULO

RIUO DÉI TREICH

PETIT SOUVENIR

D'UN INFORTUNE

A MONSIEUR RAYMOND TOINET

JADIS AVOCAT GÉNÉRAL

AUJOURD'HUI AVOCAT A TULLE

RUE DU TRECH

GRAS-MÉRCI O MOUN DEFENSOUR

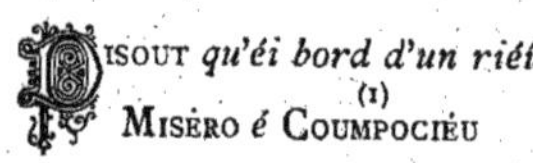

DISOUT *qu'éi bord d'un riéu*
MISÈRO *é* COUMPOCIÉU (1)
Un jour se moridèrout,
Mai qu'en rire, chas ieú,
Sens counsiurto, un efont oúguérou é botejerou

(1)
Déi nou de CHÉITIVIÉR.
Dins cros d'un chostognér
Lou poubret demouravot ;
Mas, tout soun cuér resiot,
Pér lou véire ou l'éisi, cant oti l'an veniot.

GRAND-MERCI A MON DÉFENSEUR

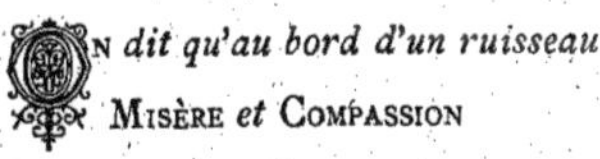

On dit qu'au bord d'un ruisseau
MISÈRE et COMPASSION
Un jour se marièrent,
Même qu'en riant, chez eux,
Sans consulter personne, ils eurent un enfant et le baptisèrent

Du nom de CHÉTIVIEN.
Dans le creux d'un châtaignier
Le pauvret habitait ;
Mais tout son cœur semblait rire
Quand on venait là pour le voir ou pour lui rendre service.

D'aigo vous couvidavot ;
Qu'érot tout so que oviot ;
Mas, de boun cuér dounavot :
L'an fait so que l'an pot.
Coumo lou Chéitivièr, *ioú séi, Moussiur, tant paubre.*

E manque tant de biai !
S'obite pas un aubre,
Mo Je ! n'ai gaire mai :
Doús despiéis n'ai moun fai ;
Mas, ame plo, coumo ir, cus me fai'no bouno obro.

Oti séi pas poúlu :
Oma jomais me sobro.
Vous m'ovés res vougu
Pér m'over d'un degu
Tot plo deborrosad cant moun be me ponavot?

Sens vous char m'en coulavot !
Vous que m'ovés éisi,
Boun Tulaúd, gras-mérci !
Touto peno se païo :
N'ai res pér vous béila, res ma'no chonsou gaïo,

Un gai counte d'ontan
Qu'e ai fach pér vous ujan
Prenés-lou, se vous aigo ;
Prenés-lou déicistan :
Déi paure Chéitivièr *oqu'éi moun véire d'aigo.*

Il vous conviait à boire de l'eau :
C'était tout ce qu'il avait ;
Mais, de bon cœur il donnait ;
On fait ce qu'on peut.
Comme cet infortuné CHÉTIVIEN, *je suis, Monsieur, si pauvre*

Et je manque de belles manières !
Si je n'habite pas dans un trou d'arbre,
Ma foi ! je n'ai guère plus.
Des chagrins j'ai fait mon faix ;
Mais, j'aime bien, comme lui, qui me rend un bon service.

Là, je ne suis point timide :
Aimer, jamais ne me lasse.
Vous ne m'avez rien voulu
Pour m'avoir d'un méchant
Si bien débarrassé, quand il me volait mon peu de bien ?

Sans vous il m'en coûtait cher !
Vous qui m'avez si bien secouru,
Bon Tulliste, grand-merci !
Toute peine se paie :
Je n'ai rien pour vous donner, rien qu'une chanson gaie,

Un gai conte d'autrefois
Que j'ai fait pour vous aujourd'hui,
Prenez-le s'il vous agrée ;
Prenez-le tout de même :
Du pauvre CHÉTIVIEN *c'est mon verre d'eau.*

En l'escrire en boun cuér,
Ei postourér pensavo
Qu'éi NODOLET *chontavo :*
« *Dioú, prenés moun montér ;*
« *Plange mas que, pér vous, ne siajot pas pus bér.* »

Tulo, lou iuèt dei mes de Mai 1889.

Jan-Botisto LÉIMORIO.

Viras, si vous plai :
Lou counte es délai.

En l'écrivant de bien bon cœur,
Je pensais au berger
Qui chantait à l'Enfant Jésus né à la Noël :
« *Dieu, prenez mon manteau ;*
Je ne regrette qu'une chose, c'est que pour vous il ne soit pas plus beau. »

Tulle, le 8 du mois de mai 1889.

J.-B. Leymarie.

T. S. V. P.
Le conte est de l'autre côté.

Lou Miécart de las Negras [2]

Counte Tulaúd

I

UNO NEGRO, UN MIÉCARD, sobéms tous so que qu'éi ;
Mas, MIÉCARD DE LAS NEGRA, éici s'en parlo en rire
E de n'en res sober n'ovéms plo grand despiéi.
Lous viéus que zou sobiout vouguérou enlé z'escrire :
Zou chorchams desempéi.

II

De liours braves trobaús pér esgoïa lo peno
E chonta lou pois dins un poulid leser,
Ontan, oút decidad doús omes d'emogeno [3]
Que, un cot éi mins pér an, beúriout miécart lou ser :
Iiér, li'érou uno vinteno.

Le Demi-Quart des Puces

Conte Tulliste

I

UNE PUCE, UN DEMI-QUART, nous savons tous ce que c'est ;
Mais DEMI-QUART DES PUCES, ici il s'en parle en riant
Et nous avons bien grand dépit de n'en rien savoir.
Les anciens qui le savaient ne voulurent nulle part l'écrire :
Nous le cherchons depuis.

II

De leurs savants travaux pour égayer la peine
Et chanter le pays dans un agréable passe-temps,
L'année dernière, des hommes d'esprit ont décidé
Qu'une fois au moins par an, ils boiraient un demi-quart le soir.
Hier, ils y étaient une vingtaine.

III

Erou onads chas Fournér. — Qu'érot mai qu'un miécart ;
Vis de Queissat[4], Bourdéù ; soupo, rafes, poulardo,
Pes, trufas, poutoréùs, fi gigot picad d'ar,
Postissous, vi blanch vièù ; siurtout, ovant floùgnardo,
Tourtous[5] péi chobessar[6].

IV

Dissérou un paoù de tout. Lou méstre, fi porlaire[7],
En rire propoùsét : « Qu'es oco que UN MIÉCART
« DE LAS NÉGRA ? O mai d'ùn, beléù, z'ot dich soun paire ?
« Porlas-n'un paù, chascun ? Cus vous dirot fodart
« Mai que vous n'en sat gaire. »

V

— Pense — foguét Logier[8] — que tous les sers d'estieù,
Lous viéùs pér pas sinti quieùs picous de bestiolas
E pér miécourléja, se dissérout entre ieù :
« Onems chas Morsilhou[9], Coundet[9] ou las Filholas[10] ;
« N'an sint res cant l'an beù. »

VI

— Pér oco, rai ! — dissét Jan, un omij déi viér Tuélo[11]
Qù'éici, troubant tout bér : poïs, méijous é gents,
Voudriot, pér véire un jour liour vilo lo pus bélo,
Tous Tulaùds fiéùs soudards, bouns riches, grands sobents,
En glouriouso seguélo. —

VII

Qu'éi be, oùs grands jours d'estieù, que, lou ser, de ch as se,
Pér trinca ende un omij, caùque bourges soùtavot ;
Mas, quelo idéïo en ir ne venguét pas cosse :
En las negras, beléù, lou despiéi lou poussavot
O ona possa so se.

III

Ils étaient allés chez Fournaud. — C'était plus qu'un demi-quart :
Vins de Queyssac et de Bordeaux, soupe, radis, poularde,
Petits pois, truffes, champignons, fin gigot piqué d'ail,
Petits pâtés, champagne (vin blanc vif) : surtout, avant large gâteau soufflé,
Galettes pour le civet.

IV

Ils dirent un peu de tout. Le président, fin causeur,
En riant fit cette proposition : « Qu'est-ce que c'est que un demi-quart
« Des puces ? A plus d'un, peut-être, l'a dit son père ?
« Parlez-en un peu chacun ; qui vous traitera de fou
« N'en sait guère plus que vous. »

V

Je pense, fit Léger, que tous les soirs d'été,
Les anciens, pour ne pas sentir ces piqûres de petites bêtes
Et pour boire demi-quart, se dirent entre eux :
« Allons chez Marsillon, Condct ou les filles Villeneuve ;
« On ne sent rien quand on boit. »

VI

Pour cela, soit ! dit Jean, un ami de l'antique Tulle
Qui trouvant tout beau, ici : pays, maisons et gens,
Voudrait, pour voir un jour leur ville la plus belle,
Que tous les Tullistes fussent fiers soldats, bons riches, grands savants,
En glorieuse séquelle.

VII

C'est bien aux grands jours d'été que, le soir, de chez lui,
Pour trinquer avec un ami, quelque bourgeois sortait ;
Mais cette idée ne lui vint tout de suite :
Avec les puces, peut-être le dépit le poussait
A étancher sa soif.

VIII

Negras fout firmija lério pér de lo femno,
En firoulant pértout — miér qu'évejous golant — (12)
Tout es liour : chambas, quéissa, eschino, bras, péitreno ;
Mas, n'oùt mas pér poutoùs finas poumpas o sang
Qu'éilé de jéi foùt peno.

IX

Eitobe, tous lous sers, l'estieù, pér s'esnegra,
Eici, delai, pértout decoun co lo deminjo,
Femno, soulo, éi choler, (13) descrébot lou porpa
Et siur negras qu'espiot, olondant lo chominjo,
Portot soun dech moulha.

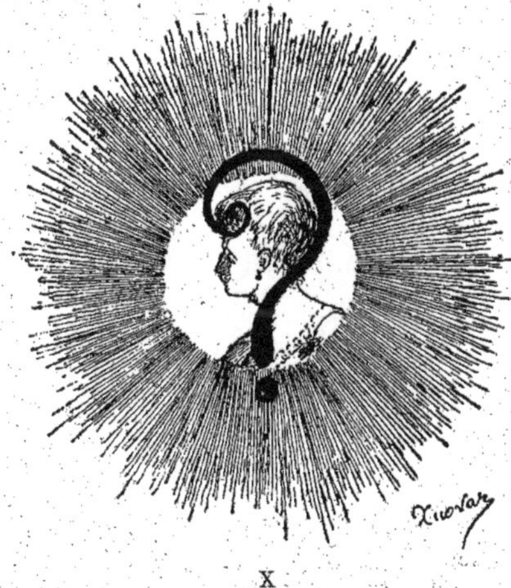

X

Et co diurot lountems. Déimentre, que s'estende
L'ome éi fresche ó l'éstro ou s'endérme, o soun leser !
Cant so femno oùrot tinad dorniéiro negro ou lende,
Pourro entra se couija... N'es éitar chasque ser,
L'ome éitar chart qu'ottende.

VIII

Puces font fourmiller douce peau de la femme,
En furetant partout — mieux qu'envieux galant —
Tout est leur : jambes, cuisses, échine, bras, poitrine ;
Mais, elles n'ont, pour baisers, que fines pompes à sang
Qui, au lieu de plaisir, procurent de la peine.

IX

Aussi, tous les soirs, l'été, pour se débarrasser des puces,
Ici, là, partout où cela la démange,
Femme, seule près d'une lumière, découvre sa poitrine
Et, sur puces qu'elle aperçoit, arrondissant sa chemise,
Elle porte son doigt mouillé.

X

Et cela dure longtemps. Pendant cela, qu'il s'étende
L'homme au frais, à la croisée, ou qu'il s'endorme à son loisir !
Quand sa femme aura tué dernière puce ou larve de puce,
Il pourra entrer se coucher... Il en est ainsi chaque soir,
Il faut que l'homme ainsi attende.

XI

Chart pas toujours ottendre ; oco lasso o lo fi.
Lou fresche o l'éstro es bou, mas es melhour deforo,
Siurtout dins un endrech qu'an péscho, ende un omi,
Rire é possa loû temps : cus estot plo, demoro
É jéi tet emoni. (14)

XII

« Donne éi Diable lo femno !... oquel ange sens alas
« Qu'en tout deùt nous chorma, que nous foriot souven,
« Pér toujours lo fugi, gofeta nostras malas...
« Lo mio, lou ser, s'esnegro une ouro : d'oquer tem
« Comte éici las estialas ! »

XIII

Eitar disio un bourges. — Un aùtre li respoun :
« N'ai tértant sens qu'oco, coumo tiu, fol me rande.
« Ome, femno, chascun plèjot be o soun besoun ?
« Eici, lou ser, éi fresche ioù mo péitrino olande
« Cant mo femno s'escoun. »

XIV

Bércop n'oùt quer despiéi ; mas, omes d'emogeno,
Eilé de se foscha, pocho oplenout de soùs
E charchout déi Quéissat lo cavo que n'es pleno
Ou l'oùbérge oun l'an pot, en postichous, iroùs
S'esgoïa lo sereno. (15)

XV

Oùguérout léù troubad. L'endrech tant liour pléguét
Que, oùbledant négra et femno, oti souvent tournérout,
L'estieù, l'ivér : liour joïo en vilo se dissét
E, pér milas rosous, d'aùtres lous imitérout :
De modo co venguét.

XI

Il ne faut pas toujours attendre ; cela lasse à la fin.
Le frais à la croisée est bon, mais il est meilleurs dehors,
Surtout dans un endroit où l'on puisse, avec un ami,
Rire et passer le temps : qui se trouve bien, y demeure,
Et plaisir tient éveillé.

XII

« Je donne au Diable la femme ! cet ange sans ailes
« Qui, en tout, doit nous charmer, qui nous ferait souvent,
« Pour toujours la fuir, faire et lier nos malles...
« La mienne, le soir, chasse ses puces pendant une heure ; pendant ce temp
« Je compte ici les étoiles. »

XIII

Ainsi disait un bourgeois. — Un autre lui répond :
« J'en ai autant chez moi, sans que cela me rende fou comme toi.
« Homme, femme, chacun plie bien à son besoin.
« Ici, le soir, au frais, moi j'étale ma poitrine,
« Pendant que ma femme s'enferme en cachette. »

XIV

Beaucoup éprouvent ce dépit. Mais, hommes d'esprit,
Au lieu de se fâcher, ils remplissent de sous leur poche
Et cherchent du Queyssac la cave qui est pleine
Ou l'auberge où l'on peut, en petits pâtés, marrons,
S'égayer pendant la soirée.

XV

Ils eurent bientôt trouvé. L'endroit leur plut tellement
Que là, oubliant puces et femme, souvent ils revinrent
L'été, l'hiver : leur plaisir en ville se dit
Et, pour mille raisons, d'autres les imitèrent :
De mode cela vint.

XVI

Ende oquièus delesers onérout lèü lous dronles
— Pér s'omusa, sobés que dronles voùt pértou —
Oti, joùnes é viéùs teguérout plo liours rònles :
D'obord, chas las Filha éi Fouret : doùs postissou,
Soula, ovioùt lous vrais monles.[10]

XVII

Péi, las gogas cousioùt chas Rouves, éi Pilou[16] ;
Las pastas d'Italio, éi près, chas lo Léirino[17] ;
Chas Lobordo, o cousta, joléïo é fricondou[18].
Lous vesiot, éi Cantou, vostro noblo cusino,
Coundet é Morsilhou.[9]

XVI

Avec ces désœuvrés vinrent bientôt les jeunes garçons,
— Pour pouvoir s'amuser, vous savez que garçons vont partout. —
Là, jeunes et vieux tinrent bien leurs rôles
D'abord, chez les filles Villeneuve, au Fouret : des petits pâtés
Elles avaient, seules, les vrais moules, la spécialité.

XVII

Ensuite, chez Rouveix, les boudins cuisaient au Pilou ;
Les pâtes d'Italie, auprès de là, chez la veuve Leyri ;
Chez Laborde, à côté, gelée et fricandeau.
Elle les voyait, au Canton, votre fine cuisine,
Condet et Marsillon.

XVIII

Et las carpas chas tiu, Roumonet, lous menérout
Gousta fis courboulhous o las Portas-Chona[19];
Pér tas trufas souvent, Charle, tout oùbliderout[20]...
Mas, Fournér vét : chas ir, coumo oné, pér ona[21]
Odounc[22] tous lebretérout.

XIX

Et n'en countavou oti las niorlas d'aùtresco
Coumo oquelas d'éi jour : Mazin é lo Pouteto ;
Ocato-te, Taùtaù ; Dago, dogoù, l'esco ;
Las chabras de Jiumér ; Lou vi de la coumeto ;
Lou Jabre de Postrio ;

XX

M'inclinéri, Moussiur ; Poresién de Lagueno ;
Logardo, fais-me poù ; Petado de Jiuglar ;
Nadas bién, Broquilhanja ? Aùcho n'es pas femeno ;
Farças de Tésto-Negro, oquelas de Molhar,
Piérounér[23]-lo-Boleno.

XXI

Anno Vialo léi dit sas golhardas chonsous
E, dins sous Nodolets, tombot coumo gronisso
Siur lous néscis, lous fiéùs, lous tréites, lous léirous[24].
Péi, chart qu'en sas chonsous, Bounelio léi legisso
L'istorio de[25] chas nous.

XXII

Ovant quieùs, doùs abbés léi passout la velhado,
— Entre omes d'emogeno un gai rire es permes —
Sage é Lacombo, oti, prenoù o pleno pougnado[26]
De que compoùsa : l'un d'Ursulas sous couplets ;
L'autre, sò Moulinado.

XVIII

Et les carpes, chez toi, Romanet, les appelèrent
Pour goûter fins courbouillons aux Portes-Chanac;
Souvent pour tes truffes, Charles, ils oublièrent tout...
Mais, Fournaud vient : chez lui, comme aujourd'hui, pour aller,
Alors tous étaient impatients.

XIX

Et ils en contaient, là, les historiettes égrillardes d'autrefois
Comme celles du jour : Mazin et la veuve Poutet;
Baisse-toi et cache-toi, Toto ; Dægue, Dagout, portez l'écot;
Les chèvres de Gimel ; Le vin de la comète ;
L'hermaphrodite de chez Pastrie.

XX

Je m'inclinerai, Monsieur ; Parisien de Laguenne ;
Lagarde, fais-moi peur ; Petade de Juglard ;
Tu nages bien, Braquillange ; Oie n'est pas femme ;
Farces de Tête-Noire, celles de Maillard ;
Grand Pierre-la-Baleine.

XXI

Anne Vialle y dit ses chansons caustiques
Et, dans ses Noëls, tombe comme grêle
Sur les sots, les fiers, les traîtres, les voleurs.
Puis il faut, qu'avec ses chansons, Bonnélye y lise
L'histoire de chez nous.

XXII

Avant ceux-là, des abbés y passent la veillée,
— Entre hommes d'esprit un gai rire est permis ; —
Sage et Lacombe, là, prennent à pleine poignée
De quoi composer : l'un, ses couplets sur les Ursulines ;
L'autre, sa Moulinade.

XXIII

Déimentre se, en ploser, lous dronles emonids,
En beùre lou miécart, amout plo d'oùvi dire
Doùs omes de sober lous pus poulids escrits,
S'enrotent (27) las chonsous omai s'edolou (28) en rire
Lous aires déi (29) poïs,

XXIV

Amou otértant, sigur, ségre d'aùtras idéïa :
Fi porla, mai boun vi liour plasou un paù lou ser,
Mas, l'estieù, fujout léù floconda dins oléïas (30)
Las dronlas pér ona, coumo oùs bars éi choler, (31)
Vira caùcas bouréïas,

XXV

E... Voudrias plo sober ? Mo fé ! chart trop d'esprit ;
N'ai pus. D'aùtres pu fis pourroùt miér vous respoundre.
Ai poù de vous over trop tegud emonid...
Boun ser ! Dins moun boujar, vieù, courre me reboundre,
Ountous d'over tant dit.

XXIII

Entre temps, — si, avec plaisir, les garçons gaillards,
En buvant demi-quart, aiment bien entendre dire
Les plus beaux écrits des hommes de savoir,
S'ils entonnent des chansons et même s'ils fredonnent en riant
Les airs du pays, —

XXIV

Ils aiment autant, pour sûr, poursuivre d'autres idées :
Fin parler, même bon vin leur plaisent bien un peu le soir,
Mais, l'été, ils s'enfuient vite cajoler dans les allées
Les filles pour aller, dans les bals au lampion,
Tourner quelques bourrées,

XXV

Et... Vous voudriez bien savoir ? Ma foi ! il faut trop d'esprit ;
Je n'en ai pas. D'autres plus habiles pourront mieux vous répondre,
J'ai peur de vous avoir tenu éveillé trop longtemps !...
Bonsoir ! Dans mon trou, vite, je cours me cacher,
Honteux d'avoir tant dit.

APPENDICE

NOTES ET ÉCLAIRCISSEMENTS

(1)

Parmi ses nombreux proverbes, la langue limousine possède les deux suivants empreints d'une douce mélancolie, d'une portée morale facile à saisir, mais presque intraduisibles en français : 1° *Misero é Coumpoxieù*... 2° *Chéitiviér couvidavot*...

1° Miséro è Coumpocieu se moridérount ensembli é n'ouguérout un efont déi nou de Chéitiviér (***Misère et Compassion se marièrent ensemble et ils eurent un enfant du nom de Chètivien***). Voilà deux personnes privées de toute fortune et qui, dans leur détresse, inspirent la commisération. Remarquez, en effet, que rien n'indique qu'ils soient difformes, impotents, ou qu'ils soient tombés dans la misère par suite d'inconduite ; ils ne provoqueraient pas alors notre pitié. S'ils sont pauvres, ils sont honnêtes. Suivant cet autre proverbe bien expressif : ***Lo Miséro démorot pas toujours o lo porto déi paùre mounde*** (la Misère ne reste pas toujours à la porte du pauvre monde, c'est-à-dire qu'avec du travail et de l'ordre, on chasse la Misère de chez soi), — ils ont eu confiance en l'avenir, puisqu'ils se sont mariés et ont eu un enfant. Sans relations, se contentant de peu, comme beaucoup de déshérités ici-bas, ils n'ont d'autre tort que d'être venus pauvres au monde ou d'avoir été vaincus par une série de malchances. Sans trop compter sur de meilleurs jours, ils ne maudissent pas cependant leur triste sort et ne convoitent point le bien d'autrui : résignés à leur infortune, ils se laissent vivre sans haine et sans envie.

Dans ce dénûment complet, quel rejeton pouvaient bien engendrer ***Miséro è Coumpocieù ?*** Pour s'en faire une idée, il faut comprendre les diverses significations que, dans la langue limousine, nous donnons au mot ***Chéitiviér***, nom de leur enfant. ***Chéitiviér*** est un diminutif de ***Chétieù***. Ce dernier mot ne signifie pas seulement ***chétif, avorton*** ; il offre bien la pensée d'un être infortuné, timide, honteux même pour se mettre en évidence, mais il y ajoute l'idée d'un caractère doux, sensible, reconnaissant, ainsi qu'il ressort du 2e proverbe ci-après. Aucun mot français n'exprime ces différentes significations ; aussi, voudra-t-on bien nous pardonner si, après ces explications, nous employons le néologisme ***Chétivien*** qui les résume et n'est que le mot de langue limousine habillé à la française.

Ce proverbe est, dans notre pays, d'un usage fréquent. On ne l'applique ni aux vagabonds, ni aux criminels, mais à des personnes honnêtes et d'une infortune imméritée. En parlant d'un mariage entre gens pauvres, on dit: ***Qu'éi Miséro é Coumpocieù*** (c'est Misère et Compassion) et on ajoute le plus souvent : ***Foroùt coumo lous aùtres : Dioù ne donnot pas o naisse que ne donne o paisse*** ils feront comme les autres : Dieu ne donne pas à naître sans donner ce qu'il faut pour paître :

Aux petits des oiseaux Dieu donne la pâture, etc.

S'il s'agit de personnes qui, par suite d'accident imprévu, n'ont pu mener une affaire à bonne fin, on dit : ***Quérot Misèro é Coumpocieù*** (c'était Misère et Compassion, c'est-à-dire qu'ils ne possédaient pas les ressources nécessaires pour réussir, ou qu'ils ont été victimes de circonstances imprévues et désastreuses) : conséquemment, il ne faut rien entreprendre qu'avec prudence et après avoir réuni les moyens de s'assurer le succès, et, alors, on vous dit : ***Fochas pas coumo Misèro è Coumpocieù*** (ne faites pas comme Misère et Compassion). Mais, si quelqu'un a réussi à l'aide de peu, on dit : ***Ot fach menti lou prouvèrbe de Misèro et Coumpocieù*** (il a fait mentir le proverbe de Misère et Compassion).

2° Chéitivièr couvidavot soun mounde d'aigo (***Chétiviên conviait d'eau son monde***), c'est-à-dire qu'il ne pouvait offrir à ses visiteurs qu'un peu d'eau fraîche, mais qu'il l'offrait de bon cœur. C'est l'équivalent du proverbe français : ***La plus jolie fille du monde ne peut donner que ce qu'elle a.***

Ce proverbe s'emploie aussi très fréquemment. Lorsque l'on craint de ne pouvoir traiter, aussi bien qu'on le voudrait, une personne d'un rang élevé, un visiteur inattendu, ou quelqu'un qu'on a invité à la fortune du pot, on dit : ***Sés lou plo vengud, mas sires lou mar reçoùgud. Que voulès? Lou Chéitivièr couvidavot soun mounde d'aigo*** (Vous êtes le bien venu, mais vous serez le mal reçu. Que voulez-vous ? Si Chétivien n'avait qu'un verre d'eau à offrir à ses visiteurs, il le leur offrait de bon cœur). — Quand on présente ou qu'on envoie un cadeau que l'on regrette de ne pouvoir faire plus important, on s'excuse ainsi : ***Qu'èi lou vèire d'aigo déi Chéitivier, l'an fait so que l'an pot*** (C'est le verre d'eau de Chétivien ; on fait ce que l'on peut).

(2)
Dans le dictionnaire de l'abbé Béronie, Anne Vialle — dont il sera parlé plus loin, à la note n° 24 — dit à l'article ***Miécar*** : « Les personnes qui aiment mieux le vin que la « bière ou les liqueurs fortes, font la partie de boire, dans la soirée, leur demi-bouteille : « ***voout beoure miécar*** (elles vont boire demi-quart). Comme cette modique quantité de « vin, loin de les incommoder, leur procure un sommeil agréable pendant la durée « duquel ils ne sentent pas les piqûres des ***puces***, on appela cette petite collation ***Lou « miécar de las negras***. (Le demi-quart des puces). » Cette collation, dans les temps plus rapprochés de nous et à une époque où les ***cafés*** actuels n'existaient pas à Tulle, était devenue des repas très substantiels, comme des pique-nique. M. Emile Fage, le président aimé de la ***Société des lettres, sciences et arts de la Corrèze***, dans un de ces dîners annuels que s'offrent les membres de cette société, nous a, à propos du ***Demi-quart des puces***, avec cette finesse d'esprit dont il a le secret, entretenus des divers endroits où nos pères aimaient à se réunir non-seulement pour boire un verre de bon vin du pays en croquant, là des marrons, ici des petits pâtés, mais encore en mangeant des mets nouveaux ou recherchés. C'est cette aimable causerie qui a inspiré notre petite bluette, en vers de l'idiome limousin actuellement parlé dans notre ville.

On a lu plus haut (page 1re), la charade en vers français que fit jadis sur la ***puce*** Boileau, le grand aristarque du XVIIe siècle ; peut-être nous saura-t-on gré d'avoir donné ici la chanson composée sur le ***demi-quart des puces*** par notre regretté compatriote et ami F. Bonnélye dont nous parlerons plus loin (note n° 25) et qui est extraite de son recueil intitulé : ***Les cinq joies d'un vieux Tulliste.***

LE DEMI-QUART

Sur l'air : *Le Dieu des bonnes gens.*

I

De nos aïeux pour célébrer la gloire,
Amis, je veux chanter le demi-quart !
Du bon vieux temps je vous dirai l'histoire,
Mais versez-moi de ce joyeux nectar ;
Et tous, en chœur, buvons à leur mémoire,
Pour nos censeurs n'ayons aucun égard :
Vivons comme eux, aimons toujours à boire
Le petit demi-quart *(bis)*.

II

Mon demi-quart ne contient que deux verres ;
Qui le boira sera toujours gaillard.
Il réjouit les fronts les plus sévères ;
N'en doutez pas, c'est le lait du vieillard.
De l'amoureux il dore le langage,
Du créancier adoucit le regard ;
Le malheureux reprend toujours courage
En buvant demi-quart (*bis*).

III

Froids Allemands, je vous laisse la bière,
Pour me lester de Macon, de Bordeaux ;
Des nations la France est la première,
Elle le doit aux vins de ses coteaux.
Le triste Anglais jamais ne rit, ne danse :
Le spleen le prend, s'il ne vient sans retard,
Se restaurer sous le soleil de France
En buvant demi-quart (*bis*).

IV

Le franc-buveur des lois connaît l'empire ;
Il ne se plaint pas même des octrois.
Le buveur d'eau toujours boude et conspire
Et, dans vingt ans, il détrône deux rois.
Pour maintenir la paix dans le royaume,
Princes et rois, ordonnez sans retard
Que tout sujet prouve par un diplôme
Qu'il boit le demi-quart (*bis*).

V

Plus d'un guerrier souvent a dû le sceptre
Plus à Bacchus qu'à l'aveugle hasard.
Dans quelque coin vous règnerez peut-être,
Princes du sang ou neveux de César ;
Si sur vos fronts coule la Sainte-Ampoule,
Imitez bien le prince de Béarn :
A tout Français accordez une poule
Ainsi qu'un demi-quart (*bis*).

VI

Le demi-quart n'est que pour les gens sobres ;
Il doit toujours se boire à petits coups.
Sans ce Léthé que deviendraient les pauvres !
Que de chagrins dissipent ses glouglous !
Ils l'ont nommé le *Demi-quart des puces*,
Car son parfum en émousse le dard ;
Mais Cupidon cache bien des astuces
Au fond d'un demi-quart (*bis*).

VII

Les trois couleurs sont jusque dans ma cave :
Le blanc mousseux a pour moi des appas ;
De l'opinion je ne suis point l'esclave
Et bois toujours du rouge à mes repas.
J'aime le bleu, mais non pas dans mon verre,
Et les liqueurs dorment dans mon placard.
Mais le moka bout dans ma cafetière
Quand j'ai bu demi-quart (*bis*).

(3)

MM. les Membres de la Société des lettres, sciences et arts de la Corrèze, dont le siège est à Tulle. Elle a pour président : M. Emile Fage, ancien vice-président du Conseil de Préfecture, l'auteur estimé d'articles littéraires et de divers ouvrages qui lui ont valu les meilleurs éloges des lettrés à Paris autant qu'en province. Ses vice-présidents sont : M. le docteur Longy, conseiller général, maire d'Eygurande, si avantageusement connu par plusieurs publications sur les hommes célèbres de son pays et par l'importante monographie du canton d'Eygurande ; M. l'abbé Poulbrière, historiographe du diocèse, dont la science de bénédictin est hautement appréciée des érudits ; et M. Léger Rabès, juge suppléant au tribunal civil de notre ville, lequel s'est fait remarquer par plusieurs volumes de fables qui, après les maîtres en la matière, ont conquis l'estime des connaisseurs. Les secrétaires sont : MM. Lhermite, archiviste de la Corrèze, dont l'urbanité des manières et le zèle pour les travaux de l'esprit égalent la profondeur du savoir ; et M. Fourgeaud, jeune pharmacien, qui a déjà publié plusieurs articles remarquables sur l'agriculture, la flore et certains souvenirs historiques de la Corrèze. Elle a pour trésorier M. Devars, notaire, dont les soins de son étude très accréditée ne l'empêchent pas de se livrer au culte des Belles-Lettres. Enfin cette Société est heureuse d'avoir pour président d'honneur, notre compatriote, M. Maximin Deloche, membre de l'Institut, dont chacun ici est fier de rappeler la science profonde comme l'amour de son pays natal, et qui, au palais Mazarin, compte pour collègue le jeune Edmond Perrier, de Tulle comme lui, et auquel un brillant avenir est réservé.

(4)

Les coteaux de Queyssac, commune du canton de Beaulieu, produisaient avant l'apparition du phylloxéra, un vin rouge très estimé et qui gagnait beaucoup en vieillissant. La récolte était presque exclusivement vendue à Tulle dont les principaux hôteliers s'assuraient leur provision pour l'année. Les vignobles de Queyssac ont été replantés depuis longtemps et tout fait espérer que ce vin généreux rendra à cette commune son ancienne prospérité.

(5)

« Le *Tourtou* — dit le dictionnaire patois de Béronie — est une sorte de crêpe ou de « galette dont la pâte est faite avec de la farine de blé noir, dans laquelle on mêle quel- « quefois de l'orge ou du froment et, dans les années de disette, de la pomme de terre. « On met cette pâte en fermentation avec du levain. Quand elle est assez levée, on en « étend une cuillerée à pot sur une plaque de fer qu'on a ointe avec de l'huile de noix, « et qu'on met de suite sur un feu vif et clair; dans environ une demi-minute, cette pâte « a pris de la consistance, et on retourne le ***Tourtou*** avec une large spatule en fer que « nous appelons ***Poletou.*** Dans une autre demi-minute, le ***Tourtou*** est cuit; on le retire, « on oint de nouveau la plaque et on continue.— Ces galettes ainsi préparées (et souvent « plus grossièrement) font le fondement du repas de nos cultivateurs que nous appelons « ***lou merende*** (goûter de trois heures). Ils les mangent, ou seules, ou dans du lait, ou « avec du fromage, et quelquefois avec quelques légumes. Les personnes aisées et « délicates, au lieu d'oindre la plaque avec de l'huile de noix, le font avec du beurre « frais ; d'autres y en ajoutent encore lorsque le ***Tourtou*** est cuit ; mais alors c'est une « pâtisserie. » — Chez les cultivateurs, le ***Tourtou*** a quelquefois presque un centimètre d'épaisseur ; mais ceux que l'on mange à la ville sont minces et faits avec de la farine de froment à laquelle on mêle un peu de farine de sarrazin. Autrefois, chaque famille avait son ***pelou*** ou ***tourtounier*** (plaque en fer ronde, plate et munie d'une queue), son ***poletou*** et une ***cesto*** (panier d'osier plat, oblong dans lequel on entassait les ***Tourtous*** à mesure qu'ils étaient faits). Aujourd'hui, si on mange de pareilles galettes, on les achète à des femmes qui, proprement vêtues, vont les vendre dans les divers quartiers de la ville, et qu'on appelle ***las Tourtouniéiras*** (les faiseuses de ***Tourtous***). Le Tourtou bien rissolé au beurre, est une crêpe exquise. Enfin, il était d'usage, quand on mangeait un lièvre en civet, de se servir de ***tourtous*** pour en prendre l'abondante sauce. Il est rare qu'on ne dise pas, quand on sert un civet : ***Li mancot ma doù tourtous*** (il n'y manque que des galettes), ou : ***Lioùro chobessar é tourtous*** (il y aura civet et galettes).

(6)

L'abbé Béronie, dans son dictionnaire patois, définit ainsi le ***chobessar*** : « Bourlet « fait de morceaux de toile ou d'étoffe roulés que les personnes qui portent sur la tête, « mettent au-dessous de ce qu'elles veulent porter : ***Tortillon*** (Wailly). La Fontaine, dans « la fable du Pot-au-lait, l'appelle ***Coussinet. Pode pas pourta sans chobessar*** : je ne « puis pas porter sur la tête sans un coussinet. ***Se bouta en chobessar***, c'est se plier en « rond dans la forme d'un tortillon : ***lous tses se botout en tsobessar pèr dourmi***, les « chiens se mettent en rond pour dormir. Les hommes en font autant quelquefois, et « surtout dans l'hiver : ***semblot un tsobessar dins soun lié*** (dans son lit, il semble un « coussinet). ***Tsobessar*** est un ragoût de lièvre : on l'appelle ainsi, parce que pour mettre « un lièvre entier dans le pot, on le plie comme un coussinet. » — « Le lièvre en « ***chobessar***, dit F. Bonnélye dans sa chanson ci-après sur le même sujet, le lièvre en « ***chobessar*** avec les ***Tourtous***, le pâté, la dinde et un bon vin du cru composaient les « grands dîners de nos aïeux. »

LO LÈBRE EN CHOBESSAR (LE LIÈVRE EN COUSSINET)

Sur l'air : *Elle aime à rire, elle aime à boire.*

I

Amis, voisins, j'apporte un lièvre !
Non pour le seigneur, mais pour nous :
Joyeux gourmets, accourez tous !
J'aurai des grives au genièvre.
Et puis pour bannir nos chagrins,
A flots coulera la blanquette ;
A nos dîners, point d'étiquette ;
Nous chanterons joyeux refrains.

II

Je l'emportais quand les gendarmes
Sortaient à peine de leur lit.
Venez m'absoudre du délit,
En mangeant le prix du port d'armes.
Et puis, etc.

III

Comme aux jours de nos grandes fêtes,
Nous aurons l'immense pâté :
Pour que le palais soit flatté,
Le *Chobessar* veut des galettes.
Et puis, pour bannir nos chagrins,
A flots coulera la blanquette ;
A nos dîners, point d'étiquette ;
Nous chanterons joyeux refrains.

IV

Il est dans la grande marmite
Que lui destinaient nos aïeux ;
Nous l'arroserons du plus vieux ;
Mon plus grand plat sera son gîte.
Et puis, etc.

V

Quoique l'étranger nous dédaigne,
Que manque-t-il au Limousin ?
Poisson, gibier, jus du raisin,
Champignon, truffe et châtaigne ;
Et puis, pour bannir nos chagrins,
A flots nous versons la blanquette ;
A nos dîners, point d'étiquette ;
Nous chantons joyeux refrains.

(7-8)

M. le Président et un de MM. les Vice-Présidents de la Société littéraire de Tulle, dont nous avons parlé ci-dessus, à la note n° 3.

(9)

Marsillon et Condet avaient été chefs cuisiniers (maîtres-queux) à la Cour et s'étaient ensuite retirés à Tulle où ils avaient ouvert, au quartier du Canton, deux restaurants qui eurent beaucoup de vogue jusqu'en 1789. Il n'y a plus de descendants de la famille de Condet, mais de celle de Marsillon sont sortis des hommes remarquables : M. J.-B. Marsillon, ingénieur principal de la Cie de l'Est, en retraite à Vesoul ; M. Léon Marsillon, ingénieur en chef de chemin de fer, récemment décédé à Paris où il était directeur de la Cie générale des Omnibus ; et leur neveu, M. M. P. Marsillon, le jeune et savant général d'artillerie, commandant au XVe corps d'armée, un des espoirs de la patrie.

(10)

Au Trech, vis-à-vis le bureau des Postes et Télégraphes actuel, à la rencontre de la rue du Fouret et de la route nationale n° 120, se voit, avec un avancement en terrasse sur un magasin, une maison appartenant à Mme Moussours, née Battut-Villeneuve : c'est ce qui reste d'une antique auberge appelée *Hôtel Saint-Jacques*, démolie en 1852 pour la rectification de la dite route nationale. Cet hôtel devait son nom aux pèlerins du Nord qui y prenaient gîte en se rendant à Saint-Jacques de Compostelle. En quittant l'hôtel, ces pèlerins allaient faire leurs dévotions à la chapelle (1) située près le pont de la Barrière, sur la rive gauche de la Corrèze, et ceux d'entre eux qui étaient fatigués étaient soignés à l'ancien *Hôpital des Malades* établi sur l'emplacement actuel du couvent des Carmélites.

(1) Qui s'appelait pour ce motif *chapelle Saint-Jacques.*

C'est sans doute en souvenir des bons soins que ces pèlerins recevaient à Tulle, dès le Moyen âge, et qu'ils se plaisaient à rappeler en Espagne, comme aussi en récompense des services que nos ***Troubadours*** avaient rendus au roi de Castille, que celui-ci donna à l'abbaye de Tulle de notables propriétés dans les environs de Compostelle ; et c'est au passage fréquent de ces pèlerins qu'est dû le nom porté par le quartier ou ***faubourg Saint-Jacques*** appelé récemment ***avenue Victor Hugo***. L'Hôpital des Malades qui tombait en ruines a été démoli pendant la grande Révolution et transféré dans le couvent des Visitandines, près l'école normale des instituteurs ; quant à la chapelle, devenue successivement magasin et dépôt de fers, café-concert, elle est aujourd'hui le siège du ***Cercle ouvrier***.

L'hôtel Saint-Jacques se trouvait au bas de la très rapide rue du Fouret qui était, autrefois, l'unique chemin de Tulle à Paris. C'est par cette abrupte voie que l'évêque Mascaron fit, en 1672, son entrée dans sa ville épiscopale, monté sur une mule : connaissant les illustrations de notre pays, il n'est pas étonnant que ce prélat distingué prononçât à Paris l'éloge funèbre du célèbre maréchal de Turenne qui conserva jusqu'à sa mort le titre de gouverneur du Limousin ; ajoutons que l'oraison funèbre de notre évêque, que balance à peine celle de Fléchier, lui valut sa nomination à un poste plus élevé (Agen). L'hôtel Saint-Jacques était la propriété de la famille Villeneuve qui l'exploita pendant plusieurs générations : en dernier lieu, il était tenu par les demoiselles Villeneuve qu'on appelait, d'un nom plus noblement appliqué aujourd'hui, *Las filhas* (les filles, les demoiselles). La clientèle des pèlerins s'étant peu à peu perdue, les filles Villeneuve, pour utiliser leur établissement et s'attirer la clientèle des Tullistes, amateurs du ***demi-quart des puces***, se mirent à confectionner des petits pâtés que les gourmets aimaient à venir manger chez elles. — Cet hôtel devint plus tard une simple maison à locataires et, l'ayant habité dans notre jeunesse, nous nous rappelons avoir vu, au 2e étage, un four, une grande salle à manger et deux chambres ; au 1er, une vaste cuisine, un bûcher et diverses chambres ; et au 3e, cinq grandes chambres. Au rez-de-chaussée, était une grande chambre servant de salle d'attente sous laquelle se trouvait une cave précédée d'une cour pavée où il existait un puits, d'eau fraîche, pure et abondante dans lequel les habitants du quartier venaient s'approvisionner.

(11)

Malgré certaines affirmations contraires, nous croyons la ville de Tulle très ancienne. En effet dans les vieux titres, le nom de l'antique capitale du Bas-Limousin est écrit de différentes manières : ***Tutela, Tutella, Tuella, Tuelle, Tuello, Tulla, Tulle, Tule*** (Baluze, Histor. Tutel., ***passim***), ***Thuella*** (châsse de saint Calmine), ***Tulla*** (ancien bréviaire de Bordeaux), ***Toula*** (Eusèbe et Scaliger). Ces noms se prononçaient : Toutela, Touella, Touelle, Toule, ce dernier à peu près comme Toul en Lorraine et comme Toull-Sainte-Croix dans la Marche Limousine avec lequel on l'a parfois confondu. Tulle, Toul et Toull ont d'autres traits de ressemblance que nous signalons plus loin.

On trouve le nom de ***Tuélo*** au XIVe siècle, dans une circonstance qui est trop à l'honneur de notre pays, pour ne pas la citer ici. Après le sac de Limoges (19 sept. 1379) — où sa soldatesque a commis les plus grandes atrocités, malgré le duel homérique (1) entre

(1) Pendant que les Anglais tuaient tout ce qu'ils rencontraient, hommes, femmes, enfants, jeunes filles ; même ceux qui se jetaient à leurs pieds demandant la vie sauve, 80 chevaliers français conduits par Jean de Villemur, messire de La Roche et Roger de Beaufort s'étaient retirés dans la tour de Maumont, résolus à vendre chèrement leur vie. Puis, à l'approche de l'ennemi : « Roger, dit Jean de Villeneuve, avant de « combattre et de mourir, il vous faut être armé chevalier. — Je ne le puis, répondit celui-ci ; je ne suis « pas encore assez vaillant, et grand merci, quand vous me l'offririez. » — Alors, tous décidés à mourir les armes à la main, n'attendant d'ailleurs aucune grâce du vainqueur, déployèrent leur bannière, s'appuyèrent à une vieille muraille pour mieux résister à leurs assaillants. Aussitôt ils virent arriver le duc de Lancastre, le

trois des principaux chefs anglais (duc de Lancastre, comte de Cambridge et comte de Pembroch) et trois chevaliers limousins (Jean de Villemur, Hugues de La Roche (1) et le jeune Roger de Beaufort, ces deux derniers corréziens et parents du pape Clément VI) — le prince de Galles, dit le Prince-Noir, vint assiéger la ville de Tulle qui, vainement défendue par ses habitants, fut obligée de céder au nombre; mais les Anglais ne peuvent s'y maintenir. En effet, ils voient tout à coup les hauteurs environnantes se couvrir de gens du pays qui, aux cris de ***Tuélo! Tuélo!*** se précipitent sur eux, les chassent à jamais de notre ville, les poursuivent vers Brive où les ennemis ont un refuge assuré, et en tuent un grand nombre « avec une rage inconcevable », dit Marvaud (Hist. du Bas-Limousin, 2e vol., p.213). En souvenir de ce fait glorieux, Charles V, roi de France, exempta Tulle de tout impôt et anoblit six de ses bourgeois : Jean de Lespicier, Guillaume et Jean de Boussac, Jean et Raymond de Saint-Salvadour, Guillaume de Labeylie.

Rappelons, à ce sujet, que la haine de ces ennemis s'est conservée vivace dans notre pays où l'on dit souvent encore : ***Meschant coumo un Ongles*** (méchant comme un Anglais), notons que, dans un de ses ouvrages « Jeanne », George Sand nous montre le nom anglais exécré à Toull-Sainte-Croix, et souvenons-nous que c'est des environs de Toul que nous est venue la vierge de Lorraine, l'héroïque et sublime Jeanne d'Arc qui délivra la France du joug de ces éternels ennemis de la France. A cette conformité de sentiments patriotiques des trois cités de Tulle, Toul et Toull-Sainte-Croix, on peut ajouter autres deux traits de ressemblance : 1° leur situation topographique : elles furent, toutes trois, établies, comme il est facile de le constater encore, sur des hauteurs s'avançant en sentinelles vers les pays qu'elles avaient mission de surveiller; 2° leurs noms dont l'orthographe et la prononciation sont à peu près identiques : s'il est avéré que Tulle vient du mot latin ***Tutela*** donné à notre ville après la conquête romaine, — ainsi que, plus tard, les chrétiens ont baptisé du nom d'un saint ou d'une sainte un grand nombre de localités anciennes, — les noms de Tulle, Toul et Toull n'ont-ils pas été substitués par les conquérants à des noms celtiques signifiant aussi ***Protection, garde, sentinelle?***

Loin de s'étendre, comme de nos jours, sur les deux rives de la Solane et de la Corrèze, Tulle, à l'origine, se composait seulement de quelques habitations gauloises grossières assises sur l'extrémité du plateau situé sur le flanc sud du Puy Saint-Clair, sur l'emplacement actuel des Prisons, la place de la Bride, l'école des Frères, le Presbytère de la cathédrale et les jardins de ce presbytère et de l'Ecole laïque. C'est là, lorsqu'un noyau de la ville fut formé, que s'élevèrent la tour de la Motte (prisons), la tour et la porte Chanac (Ecole des frères), le Château-fort (Presbytère de la Cathédrale) et l'Eglise Saint-Pierre, la première de Tulle et du diocèse.

A partir de ce plateau, les flancs est, sud et ouest du Puy Saint-Clair s'étendaient en pentes rapides et boisées jusqu'aux rives de la Corrèze et de la Solane. On comprend

---

comte de Cambridge et leurs gens, qui les sommèrent de se rendre. Sur leur refus, le combat commença. Plusieurs tombèrent sous les coups des Anglais. « Là combattirent longuement main à main le duc de Lancastre et Jean de Villemur qui était grand chevalier et fort et bien taillé de tous ses membres, et le comte de Cambridge avec Messire Hugues de La Roche, et le comte de Pembroch et messire Roger de Beaufort qui était simple écuyer : et firent ces trois contre trois plusieurs grand'expertises d'armes. » Les autres se tenaient à l'écart pendant ce duel terrible qui allait finir par la mort des uns ou des autres, lorsque le Prince-Noir arriva, « et les regarda moult volontiers, s'adoucit grandement : et tant se combattirent que les trois Français, d'un accord, regardant leurs épées, dirent : « Seigneurs, nous sommes vôtres, et nous avez conquis. — Par Dieu, messire Jean, dit alors le duc de Lancastre, nous le voudrions pas autrement faire, et nous vous recevons comme nos prisonniers.» C'est le récit de Froissard, toujours partial pour les Anglais. (Marvaud, Hist. de Limoges, 2e vol. pp. 12 et 13). On sait qu'à part la cathédrale et quelques chapelles adhérentes, la ville de Limoges fut livrée aux flammes et détruite.

(1) Le pape Clément VI qui était son parent paya sa rançon.

l'importance de ce poste stratégique s'avançant en sentinelle entre deux collines élevées, au confluent de ces cours d'eau, passage naturel, obligé pour aller du sud et du sud-est à Tintignac et Limoges, à Ussel et Clermont.

Quand les constructions de la ville eurent envahi ces flancs du Puy Saint-Clair, on dut élargir le cercle de son enceinte murée : ses fortifications alors descendirent de la tour de la Motte aux Portes de fer, de là longèrent la Corrèze et la Solane et, par la rue actuelle du Fossé du Trech, se relièrent à la tour et aux portes Chanac. Le confluent des deux cours d'eau était surtout défendu par la tour Mayse (au bas de la rue de même nom). En se rappelant que le Puy Saint-Clair n'est ainsi nommé que depuis qu'on a découvert sur son sommet les ossements d'un saint de ce nom martyrisé au IIe siècle, (Bonnélye, p. 54), on est tenté de se demander si, antérieurement, ce puy ne portait pas un nom latin ou gaulois ?

Le Puy Saint-Clair et les fortifications de Tulle formaient, sous les Romains, l'avant-garde de leur ville fortifiée de Tintignac, située sur une grande voie romaine la faisant communiquer au nord avec Limoges et Bourges, à l'est avec Clermont et Lyon, et au sud avec Périgueux et Bordeaux (Deloche, Géogr. des Gaules, p. 496). Tintignac qui s'écrivait au moyen-âge ***Quintinhac***, ***Quintiniac***, paraît venir de ***Quintus***, nom probable d'un délégué, dans cette ville fortifiée, du vicaire établi à Limoges par le gouverneur de l'Aquitaine (Deloche, ***id.***, p. 506). Ce nom, ***Tintignac***, n'a-t-il pas été substitué au nom gaulois de cette ville fortifiée, construite par nos ancêtres pour se prémunir contre leurs belliqueux voisins dans une situation si privilégiée ? — Jules César n'hésita pas à choisir cette position pour y placer les deux légions chargées de surveiller et de contenir les Arvernes à l'est, les Cadurkes au sud, les Aquitains au sud-ouest, les Lémovices et leur capitale au nord. Tintignac où campèrent les deux légions romaines (12,000 hommes) et où vint s'agglomérer bientôt la population d'industriels qui s'attache aux pas d'un corps de troupes acquit promptement de l'importance et vit de bonne heure s'élever des monuments qui marquent le haut empire (Deloche, ***id.***, p. 493).

Quand les Alamans du farouche Krok eurent détruit Tintignac, vers 352, en se dirigeant par la Vimbelle (en patois *Bimbélo*, bien belle), Bar, Sarran, Davignac, Ussel et Eygurande sur Clermont qu'ils détruisirent aussi, les habitants de Tintignac se réfugièrent à Tulle et, en échange de son hospitalité, semblent avoir apporté à notre ville la suprématie que Tintignac avait longtemps exercée sur cette partie du pays des Lémovices. (Deloche, ***id.***, p. 513). Il en résulta un accroissement de constructions qui dut inspirer l'idée d'endiguer la Corrèze et la Solane.

Primitivement, la Corrèze coulant sur un sol rocheux inondait une partie de la vallée de Tulle, refoulant la Solane bien moins importante et dont les eaux stagnantes formèrent des dépôts qui, l'été, devenaient des marais, au Trech (1), place Municipale, Collège, Champ-de-Mars en partie. Resserrés au pont actuel de la Barrière où plus tard s'éleva le moulin de l'Hôpital (2), ces cours d'eau n'en formaient qu'un s'enfuyant vers Brive par la Croix de Roubignac, le Gouffre de Belle-fille (3) et Lestabournie : à leur confluent, quand les eaux furent endiguées, fut probablement construit le premier pont de Tulle, le pont de l'Escurol (Ecureuil), ainsi appelé parce qu'il n'avait qu'une seule arche en ogive, au sommet duquel on n'accédait que par des rampes très raides : il a été remplacé,

(1) Il y a dans le département, plusieurs endroits appelés Trech ou Treich, qui sont tous situés dans des bas-fonds, des lieux humides, marécageux, ce que signifie ce mot Trech.

(2) Ce moulin, ainsi que le Pré de l'hôpital (Champ-de-Mars) appartenait à l'hospice établi sur l'emplacement actuel du couvent des Carmélites.

(3) M. Favart, un des rares maires de Tulle, intelligent et actif, et qui avec peu de ressources financières sut embellir la ville, avait composé sur le gouffre de Belle-fille un roman dont on ne trouvait plus d'exemplaires et que nous avons reproduit en feuilleton dans l'*Echo républicain de la Corrèze*.

en 1807, par le pont Milet-Mureau (1) ou de la Mairie ; dans la suite, s'élevèrent le pont Choisinet ou du Péage, près duquel on voyait encore en 1789, l'Evêché, la Bourse et le moulin des Chanoines (2), enfin le pont de la Barrière.

Dans les premiers temps, pour monter à la ville de Tulle, on passait, en venant du côté de Brive, par le pont Charlat sur le ruisseau de la Cérone, par Lestabournie, la Croix de Roubignac, Espagne, la rue de la Barrière, le pont des Miches (3) et la rue des Portes-Chanac.

On trouve dans les atlas communaux de Laguenne et de Tulle, plusieurs anciens chemins d'Argentat à Tulle. Celui de Saint-Calmine gravissait le mamelon de la Bachellerie et, de ce village, se dirigeait vers la rue des Portes-Chanac, par le Cloucheyrou, le Lion-d'Or, les ponts de l'Ecureuil et des Miches : il n'était viable que pour les piétons ainsi que les deux suivants. Le chemin de Pounot (usine actuelle de M. Clément, boulanger à Tulle), venait par Puymège, laissant à droite Laguenne (4), et, de Pounot, suivait deux directions : d'abord, le chemin de Pebeyre qui, par la Pièce-Haute, rejoignait à la Bachellerie celui de Saint-Calmine ; ensuite, le chemin du Petit-Versailles aboutissant, par les Malades, à la rue du Lion-d'Or un peu avant le Cloucheyrou ; ce chemin se bifurquait avant les Malades, quand fut construit le pont de la Barrière, pour se diriger, par l'Hôpital et la côte actuelle des Carmélites, sur le chemin de Brive, au commencement de la rue de la Barrière. Le seul chemin à peu près carrossable partait de Pounot, suivait la route nationale actuelle n° 120 jusqu'au Pont-de-la-Pierre et là, avant d'arriver à la maison Trioux, gravissait le mamelon de la Bachellerie : c'est celui que traverse par un passage supérieur le chemin de fer de Tulle à Clermont, et qui rejoint les deux voies ci-dessus de Pebeyre et du Petit-Versailles.

On accédait aussi à la ville, surtout quand fut construit le pont Choisinet, par des sentiers étroits, abruptes, qui sont devenus nos rues tortueusees et rapides du Four-de-la-Ville, de Saint-Martial, de Roule-Pierre (5) et de la Tour-Mayse (6) ; ils aboutissaient tous aux deux places du Château-Fort et de la Bride.

Pour sortir de Tulle et se diriger sur Tintignac, une seule voie se présentait jusqu'à Louradour (7) : elle suivait la rue de la Barussie et le chemin du Tranchat : on trouve encore ses traces en contre-bas de ce dernier chemin, près la nouvelle entrée du cimetière. Dans notre enfance, on nous montrait, sur le rocher qui est au niveau du toit de la première maison sud du Tranchat que ma famille habitait, un trou dans lequel existait autrefois une croix marquant le passage du chemin de Louradour. Au Tranchat, dépression nord du Puy Saint-Clair, le terrain s'abaisse, de chaque côté, par des pentes brusques et rapides vers la Corrèze et vers la Solane ; et au même Tranchat commence le monticule qui se termine au Baladour, vis-à-vis la belle vallée des Angles. A Louradour, le chemin se divisait : sa principale direction, infléchissant à l'est, passait au-dessus de la Maison-de-la-Léoune (du Lierre), à l'ouest du Haut-

(1) Milet-Mureau est le nom d'un général, préfet de la Corrèze, qui fit construire ce pont.

(2) Le Chapitre des Chanoines possédait ce moulin alimenté par les eaux de la Corrèze retenues en un grand bief qui recouvrait toute la Promenade Baluze jusqu'au Quai de Lyon et au milieu duquel se trouvait l'île du Gravier ; le trop-plein du bief s'écoulait par le porche Laborderie récemment démoli.

(3) *Las Michas*, ainsi appelé parce que c'était là que les femmes de Laguenne venaient vendre du pain blanc.

(4) Laguenne s'appelait *Aquina*, lieu des eaux : là se réunissaient plusieurs ruisseaux : la Ganette, la Saint-Bonnette, etc.

(5) Et non : Roc-la-Pierre comme on l'appelle à tort. C'est par cette rue que, du haut de la ville, on faisait rouler des pierres contre les ennemis venant du sud.

(6) Appelée communément encore *Les 80*, à cause des 80 marches d'escalier en pierre qui la composent.

(7) Louradour vient d'*Oratorium*, lieu de prières. Dans la cave de la maison principale de Louradour on voit encore des fûts de colonne ayant servi à une antique chapelle. (Note de M. l'abbé Jos, curé de Saint-Martial de Gimel, et né à Louradour).

Monteil (propriété de la famille de M. Deloche, membre de l'Institut), au Baladour, au-dessus des Tournants de Naves, et à la Geneste (1), avec bifurcation aux Tournants, sur Chazarein, le Barri-Haut et la Combotte (2). L'autre direction passait à Peyrafort, à Neufpierre, à l'est de Solane-Bas, à l'ouest de Bourelou (3), contournait à l'est le puy Temporieu (4), arrivait à Tramond et, par la Jarrige (5) et le Mercier, rejoignait, à Naves, la première direction ci-dessus du Haut-Monteil.

Un autre chemin conduisait à Tintignac, sans passer par la ville haute de Tulle, mais non sans la surveillance du Puy Saint-Clair. C'est celui de la rue tortueuse et escarpée du Fouret, qui, atteignant le mamelon de Lespinat, passait au-dessus de la Béronie-Basse, à la Croix-de-Bar, près le Verdier, à Lavialle, Lestrade, les Horts, Montsenadour et Bach.

Le chemin du Haut-Monteil fut plus tard abandonné pour celui du Fouret et de Lespinat (6). Ce dernier prit alors, à partir de la Croix-de-Bar, une nouvelle direction : suivant le flanc ouest du coteau de Lavialle, il se dirigeait par les Plats et Lagraulière à Uzerche et Limoges. Il resta l'unique voie de Tulle à Paris jusqu'en 1794, époque à laquelle — à travers les jardins sud de la rue de la Barrière, suivant le quai du Collège et passant sur le jardin et le palais de l'évêque, sur la Bourse, le moulin du Chapitre et le bief de ce moulin — fut ouverte (7) la route nationale n° 120 rectifiée, vers 1852, par le Trech et l'enclos du quartier Saint-Bernard (couvent des Bernardins).

Il semblerait qu'en venant du sud on pouvait gagner Tintignac par Souilhac et la vallée ou gorge de la Cérone. Cette hypothèse doit être abandonnée : les postes d'observation de (8) Virevialle (Côte-de-Poissac), du Monteil (9) et du puy des Echelles arrêtaient les arrivants et les forçaient à se jeter sur le confluent de la Corrèze et de la Solane pour passer sous la surveillance du puy Saint-Clair. Ni dans les atlas communaux de Tulle et de Naves, ou dans les anciens titres, on ne trouve de trace ou mention d'un chemin longeant la Cérone.

Le puy Saint-Clair, la sentinelle (*Tutela*) du pays, est moins élevé que les collines environnantes de Lespinat, des Echelles, de la Bachellerie, de la Fage et du puy Pinson. Comme elles, il était très boisé, ainsi que le souvenir s'en est conservé jusqu'à nous. Ce puy, comme on sait, est le cimetière de Tulle. Ici, quand on conduit un mort à sa dernière demeure, on dit souvent encore *Lou ménout o frodossou* : on le conduit au Puy Saint-Clair, et, pour indiquer qu'on tient encore à vivre, nous disons *Vole pas enquèro mounta o frodossou* : je ne veux pas encore monter au Puy Saint-Clair. En effet, *Frodossino* signifie bois touffu, fourré sur les flancs rocheux d'un mont, *Lous chovons saùtout lou ser de las frodossinas* : les chouettes sortent le soir des fourrés ; — et, par extension, frodossou veut dire : chevelure ébouriffée, inculte, tignasse, *L'otropèt*

(1) Belle maison de campagne habitée par MM. Guillot et Ferrières, les bienfaiteurs de l'hospice de Tulle.

(2) Ce chemin, dans les atlas communaux de Tulle et de Naves, est tantôt désigné sous le nom de *chemin de Tulle à Userche*, tantôt de chemin de Tulle à Treignac. Ce dernier passait par Cousin, la Vimbelle, Casillac, Orliac-de-Bar, Madranges, le Leyri et Balesmes.

(3) Propriété de notre ami, M. Forot, qui s'est créé une haute position dans le monde des entrepreneurs.

(4) Veuillez remarquer ces nombreux noms romains : Louradour (oratoire), Temporieu (le dieu Temps), Tramont (au-delà du mont), Mercier ou Mercuès (Mercure), Lavialle et L'Estrade (la route), les Horts (jardin), Montsenadour (mont du sénateur), Bach (Bacchus), tous entre Tulle et Tintignac ; Cerou ou Ceron (Cérès), Soleilhavoup (sol avulsus), Montjose (Mont Jupiter), entre Tintignac et Seilhac.

(5) Du celtique *jarry*, chênes rabougris.

(6) Lieu d'épines, ronces.

(7) Sous la direction de M. Berthelmy, dont nous parlons plus loin, note 18.

(8) On a découvert récemment à Virevialle un tombeau et des armes gauloises.

(9) Le dôme ou puy du Monteil est situé entre la Cerone et la Corrèze, à Lestabournie. Sur son flanc est roule un torrent qu'on appelle encore *Lou riéu de Mèrloudan*, le ruisseau d'Aymar-le-Don, et qui vient du Puy des Echelles ou du Bois-Mangier.

pèi frodossou : il le saisit par les cheveux. Nous appelons : ***Frodasso**, **frodossaudo***, un homme, une femme, à la chevelure longue et mal soignée (1).

Quand Tintignac fut détruit, avons-nous dit, ses habitants se réfugièrent à Tulle, et cet accroissement de population, après que les constructions de maisons eurent envahi le flanc sud du Puy Saint-Clair, provoqua l'endiguement de la Solane, près de la Corrèze. Alors ces constructions s'étendirent jusque sur la rive gauche de ce cours d'eau ; là, pour être à l'abri des inondations fréquentes dont nous avons parlé, le premier étage des maisons se trouvait bien au-dessus de l'étiage et chaque maison, pour passer sur la rive droite, avait un pont de bois en forme d'escalier. La facile destruction de ces ponts faisait de la Solane une nouvelle défense de la ville. Plus tard, sur la rive droite, s'élevèrent des maisons qui n'étaient séparées du ruisseau que par une rue très étroite : ponts et rue ont existé jusque vers 1852, époque à laquelle fut déviée par le Trech la route nationale nº 120. Peu à peu, dans la vallée triangulaire formée par les deux cours d'eau endigués et par les dernières habitations bâties au pied du Puy Saint-Clair, furent construits le monastère (sur un antique oratoire), l'église et le cimetière Saint-Julien, l'Evêché, la Bourse et le Moulin du Chapitre. Il est impossible, dès lors, de ne pas reconnaître que Tulle, bourg important dès le IVe siècle, offrait un aspect à la fois pittoresque et riant par ses maisons étagées sur le flanc du Puy Saint-Clair avec sa vallée close par nos deux cours d'eau et entourée par des collines élevées et boisées qui la garantissaient contre les courants atmosphériques et qui sont devenues de nos jours des jardins d'agrément et d'un très grand rapport. Il y a loin, de là, à « ce précipice, cet affreux désert plein de bêtes féroces où, vers le VIIe siècle au plus tôt, un moine se serait égaré et aurait construit un modeste oratoire », ainsi que, de parti pris, l'a imaginé l'abbé Niel (2).

L'antique origine de Tulle a longtemps été controversée même par des hommes graves qui n'admettaient pour l'histoire que des faits certifiés par des documents écrits. Il eût été bien difficile de nous laisser de pareils documents à nos ancêtres, les Gaulois, qui ne savaient point écrire, et les Romains avaient trop de soucis dans la difficile défense de leur conquête de la Gaule, pour faire l'histoire ou même la simple mention de toutes les localités qu'ils venaient de conquérir, eux à qui l'insatiable humeur guerrière n'a pas donné le temps d'entreprendre un pareil travail pour les localités de leur propre pays. A cette absence de documents écrits, chez nous, on peut abondamment suppléer par la topographie et le nom de lieux qui ont bien aussi leur éloquence, surtout quand ils sont appuyés par la tradition, même par la tradition religieuse. Oui, la tradition religieuse. Le grand Molière nous apprend qu'il n'avait point honte de rendre sien tout ce qu'il trouvait de bon autour de lui et dans les écrivains ses concurrents. Il s'agit, pour nous, d'élucider un point historique important, controversé : rejetterons-nous des preuves à l'appui de notre thèse, parce que ces preuves nous viennent des souvenirs précieusement conservés par le christianisme ? Non. Aussi sommes-nous d'accord avec la tradition religieuse pour affirmer, malgré l'abbé Niel, le passage de Saint Martial à Tulle et espérons publier prochainement des documents attestant que l'apôtre d'Aquitaine, au Ier siècle de notre ère, a non seulement passé à Tulle, mais qu'il y est venu plusieurs fois et, jusqu'ici, nous avons tout lieu de croire que sa première visite dans notre ville eut lieu avant qu'il se rendît à Toull-Sainte-Croix.

Bon nombre d'écrivains anciens et modernes ont affirmé l'antiquité de la ville de Tulle. Bertrand de Latour (3), chanoine de Tulle, en 1643, appelle notre ville « une

(1) Dans notre jeunesse, nous avons entendu appeler *Frodasso dèi Masdeimont*, un honnête propriétaire du village de *Madelmont* qui avait conservé l'habitude ancienne de porter les cheveux longs. M. Pélissier qui est entré gendre dans cette famille, nous a confirmé le fait.

(2) Société archéologique, de Brive, année 1884, pp. 500-505.

(3) *Histoire de l'Eglise de Tulle.* Voir à l'*Appendice* à la suite de la note nº 24, un noël plein de grâce et de malice attribué à Bertrand de Latour.

forteresse très ancienne, ***oppidum antiquissimum.*** On a prétendu que cet auteur avait confondu Tulle avec Toull-Sainte-Croix : nous nous sommes suffisamment expliqués plus haut sur ces deux antiques cités pour n'y pas revenir encore, et nous nous bornons à dire : non, Bertrand de Latour ne s'est pas trompé, et ce qu'il rapporte de Saint Martial a bien pu se passer à Tulle, puisque notre ville existait au moins lors de la conquête romaine, probablement avant cette conquête, dans tous les cas avant l'apparition du Christ et, par conséquent, avant la mission de l'apôtre d'Aquitaine. — Saint Odon, abbé de Tulle, devenu général de son ordre à Cluny, déclare, dans son discours sur l'incendie de la basilique de Tours, que Tulle existait en 357, époque à laquelle Saint Martin fonda notre monastère (1). — Saint Calmine vint à Tulle au VIe siècle y faire refleurir la règle monastique (2). — La ville et l'abbaye de Tulle sont si considérables en 732, que Charles-Martel les donne, à titre de récompense, à Rodolphe de Turenne, un de ses compagnons d'armes à la bataille de Poitiers où il écrasa les musulmans (3). C'est le petit-fils de ce Rodolphe, c'est Adhémar d'Escales (4), Aymar-le-Don ou le Merloudan, que le roi de France choisit pour être le premier vicomte établi pour gouverner dans le Bas-Limousin (5). Adhémar résidait à Tulle, à son Château des Echelles ou au Château-fort de la ville, d'où il administrait tout le pays, se rendant, suivant les besoins, dans certaines localités pour y régler des affaires graves, comme on le voit dans son jugement au sujet de la manse de Verlhac, dans les environs de Brive, en 898. N'ayant pas d'enfants légitimes, Adhémar d'Escales, à la condition acceptée qu'ils prendraient pour abbé son bâtard aîné et pour défenseur laïc un autre de ses bâtards (6), fit en 930 divers testaments par lesquels il donnait aux moines de Tulle ses immenses propriétés qu'il reconnaissait leur avoir été dérobées par ses ancêtres. Ces propriétés sont dans ces testaments énumérées avec leurs bestiaux et leurs esclaves — bêtes et gens suivaient alors le sort de la terre — : ce sont des paroisses entières, des villages, châteaux et manses comprenant presque le tiers du département de la Corrèze et une partie de celui du Lot. Avouons qu'avec de pareilles richesses à cette époque, Tulle et son abbaye exerçaient au Xe siècle, sinon plus tôt, une prépondérance incontestée dans le Bas-Limousin, prépondérance qui s'est maintenue jusqu'à nos jours et se maintiendra dans l'avenir grâce au privilège de sa position centrale et l'esprit de travail de ses enfants qui ont su triompher d'un sol presque aride et très accidenté, — suivant cette belle devise de Tulle : ***Sunt rupes virtutis iter*** qui a été ainsi traduite dans une poésie patoise : ***Pèr pendaùlhas èt gours, qu'éi lo chomi doùs braves*** : à travers les pentes abruptes et les gouffres, c'est le chemin des valeureux. N'oublions

(1) Bonnélye, *Histoire de Tulle*, p. 17.

(2) Cet ermite célèbre vivait caché dans la grotte qu'on voit encore sur la Gimelle au lieu appelé Saint-Calmine. (Bonnélye, p. 8.)

(3) Après la bataille de Poitiers, les débris de l'armée d'Abdérame se fixèrent dans le pays. Dans la commune de Tulle, le fait est indéniable. Sur la rive droite de la Corrèze, presque vis-à-vis le pont du chemin de fer, sur le flanc est du coteau de Chameyrat, se trouve le village de *Maure*, et nous avons beaucoup de familles s'appelant Maury, Maurie, Lamaurie, etc. Les habitants de Maure, qui ne s'alliaient qu'entre eux, ont encore des rejetons de haute stature, d'un beau profil, mais teint olivâtre. Ce sont les meilleurs ouvriers de Souilhac, ce qui a fait donner à ces derniers le nom de *Bande Noire*.

(4) Aymar, Eymard, Leymarigia (nom d'un notaire apostolique à Tulle en 1320) : tous noms dérivés d'Adhémar.

(5) Ce titre donné à la maison de Turenne explique peut-être pourquoi les sires de Turenne, bien que quelques-uns de leurs successeurs leur apportassent le titre de comte (Beaufort), aient conservé le titre de vicomtes, jusqu'à ce que Henri IV créa l'un d'eux duc de Bouillon.

(6) Il s'appelait Donarel ou Donareau. On voit encore près de Lauselou, une très ancienne maison qui s'appelle *oùs Donoréoùs* : aux Donorels. Un descendant de ce Donorel, se rappelant sa parenté avec les Turenne, livra la ville de Tulle aux protestants conduits par Turenne et le farouche Lamaurie qui, après bien des assauts inutiles, finirent par s'emparer de notre antique et valeureuse cité.

pas qu'au nombre des biens restitués par Adhémar, est mentionnée l'église Saint-Pierre de Tulle que notre savant ami et concitoyen, M. Clément-Simon (1), désigne ainsi, d'après le Pouillé de l'abbé Nadaud, « cure en 930, cette église se trouvait dans la ville murée ». Puisqu'elle est murée, fortifiée en 930, cette ville existait avant cette époque, c'est bien l'*oppidum antiquissimum* de Bertrand de Latour, l'égide et la défense (*tutela*) du pays au centre duquel elle se dressait, et non point l'affreux désert imaginé par l'abbé Niel. — Clément VI (1342-1352), le premier des trois papes corréziens (2), qui assurément connaissait les souvenirs religieux de son pays, fit peindre dans sa chapelle, au palais d'Avignon, une fresque où Saint Martial est représenté prêchant les Limousins idolâtres et sur laquelle on lit ce mot : *Tullum*, que M. Muntz (3), le savant membre de l'Institut, n'hésite pas à traduire par le nom de notre ville.

Pour l'antique origine de Tulle, on peut citer comme favorables : Jean Chenu (1621) dans son *Histoire des archevêchés et évêchés des Gaules*; Zacharie Lasselve (1690) dans son *Année apostolique* si estimée qu'elle se réimprime encore; Jean Bouchet, *Annales d'Aquitaine*, et André Duchesne, *Antiquités des villes de France*. Notre grand Baluze (Hist. Tutel., p. 4), doute bien que Tulle ait existé avant le VIIe siècle, mais il ajoute aussitôt que ce n'est là qu'une simple supposition, *mera conjectura* (1717). Renaud de Nisme (1772) déclare que notre ville fut fondée par les Romains pour servir d'avant-poste à leur vaste campement de Tintignac. A part l'abbé Niel et ses rares partisans, les écrivains contemporains donnent à Tulle une origine très ancienne. Marvaud (Hist. des vicomtes de Limoges, 1er vol., p. 14) parle ainsi au sujet de Tintignac : « Quelques localités des environs sont désignées par des noms d'origine latine : Montjauze (Mons Jovis), Cerou, village, et Cerone, ruisseau (*Ceris*), Bach (*Bacchus*), Jeneste (*Janus*) (4), Leoune (Lune) (5), Masseret (*Mansis Sereni*), Tulle (*Tutela*) qui peut bien être un avant-poste de Tintignac (6). — Mac-Carthy, dans sa carte du midi de l'ancienne Gaule jointe au Ier volume de l'*Histoire du midi de la France* par Mary-Lafond, désigne notre ville par ces deux noms Tulle, Toula et il n'indique nulle part Toull-Sainte-Croix. Dans son *Histoire de Tulle*, F. Bonnélye, n'osant à peine outrepasser le doute émis par Baluze, pense timidement que notre ville est antérieure au IVe siècle, puisque, dit-il, Saint Martin l'appelle, vers 357, bourg *Pagum tutelensem*. — M. l'abbé Poulbrière, le savant historiographe du diocèse, est loin de croire à « l'affreux désert » imaginé par l'abbé Niel et reproche vivement à ce dernier « des exagérations appuyées d'aucune preuve » (7). — M. René Fage, le jeune érudit tulliste dont les nombreux travaux historiques sont justement estimés, est loin de partager l'opinion du curé de Naves, et M. R. Fage avait été, sur cette grave question, précédé par cet éminent concitoyen qui a nom M. Deloche, membre de l'Institut, et dont la *Géographie des Gaules* fait loi parmi les savants. « Tulle, dit-il à la page 434 de cet ouvrage capital, Tulle était une position fortifiée, un boulevard, une défense de la ville de Tintignac où se trouvait le siège d'une administration romaine. » Nous avons expliqué comment la topographie et les noms de lieux justifiaient pleinement l'opinion de M. Deloche.

D'apres un acte de 934, cité par Baluze (Hist. Tutel. p. 325), Tulle possédait des

(1) Société arch. de Brive, Année p. 598.

(2) Il est né à Rosiers, canton d'Egletons, arrondissement de Tulle et non dans les environs de Brive, comme le prétend Leymonerie (Hist. de Brive, pp. 36-177) qui déclare brivistes presque tous les hommes remarquables de l'arrondissement de Brive, même d'ailleurs : Cabanis, de Féletz, saint Etienne d'Aubazine, les trois papes d'Avignon, etc.

(3) Société Archéol. de Brive, année p. 320.

(4) En patois, on prononce Dzonésto : on voit alors que ce *jonésto* rappelle bien le mot *Janus*.

(5) *Leouno* en patois veut dire Lierre.

(6) Ajoutons ces autres noms latins qu'on trouve en descendant de Tintignac à Tulle : Monsenadour (mont du sénateur), Tramont (au-delà du mont), Temporieux, Lavialle, Lestrade et Louradour.

(7) Poulbrière, *Hist. du diocèse*, page

magistrats municipaux, *Bonos viros*; des libertés et franchises que le roi Raoul confirme en 930 (Bonnélye, p. 21; Baluze, p. 325), et que les abbés, plus tard les évêques, en entrant en fonctions, juraient de maintenir et protéger. Au *castrum*, Château-fort de Tulle, les rois de France percevaient les impôts du pays et principalement les droits de justice: *freda* (Baluze p. 379). Dans ces temps où la force primait le droit, où les grands tenaient le peuple en esclavage, taillable et corvéable à merci, la population était clairsemée dans les campagnes, les villes s'accroissaient lentement, quand elles ne se dépeuplaient pas complètement si leurs fortifications ne les préservaient pas des invasions des Barbares ou si elles n'étaient pas situées sur un passage naturel, obligé, comme cela est arrivé à Toull-Sainte-Croix et bien d'autres localités disparues. Par sa position privilégiée, Tulle se releva vite des ravages des Alamans ou Vandales, acquit l'importance et les richesses que l'on voit dans l'acte de Charles-Martel en 732 et se donna, fait bien rare à cette époque, une organisation municipale dès le commencement du xe siècle. Il fallait que ce fût une ville bien ancienne et active pour traverser victorieusement ces temps de dévastation générale.

Habiles à profiter des positions établies par les Gaulois, les Romains s'empressèrent de se fortifier sur celle de Tintignac. De ce plateau élevé d'où l'œil embrasse un immense horizon, ils pouvaient facilement surveiller les mouvements des peuplades qu'ils venaient de conquérir du Périgord, du Quercy et de l'Auvergne et empêcher leur jonction avec les Lémovices.

Là, en effet, ils étaient couverts: au nord, par le poste militaire de Masseret, à mi-distance de Limoges; à l'ouest, par les fortifications de Blanchefort, Allassac, Yssandon; à l'est, par les hauteurs de Bar, les Angles, l'Habitarelle (qu'on écrit à tort: La Bitarelle) et Saint-Priest; enfin, au sud, par les puys Temporieux et Saint-Clair. Ces deux derniers points doivent un instant arrêter notre attention: ils nous semblent prouver sans réplique l'antique origine de Tulle. Ils sont dans une position réellement privilégiée pour protéger Tintignac dont ils s'éloignent, vers le sud, presque en ligne droite et en s'abaissant vers Tulle: Tintignac est à la hauteur de 515 mètres au-dessus du niveau de la mer, Temporieux à 470 mètres et le puy Saint-Clair à 295 mètres.

Le puy Temporieux est, à peu près, à égale distance de Tintignac à Tulle. De son sommet, encore inculte et rocheux, mais entouré de forêts de châtaigniers, on voit au nord le plateau de Tintignac, et au sud, non seulement le puy Saint-Clair, mais le clocher et les quartiers élevés de la ville: Barrussie, Hospice, Lion-d'Or, allée de Fénis, etc. Il était donc facile, au Puy Saint-Clair, en cas d'approche de l'ennemi, de prévenir par signaux le poste de Temporieux, lequel donnait aussitôt l'alarme au camp de Tintignac. Le sommet dénudé du puy Temporieux, exposé à toutes les intempéries, ne pouvait abriter la garde chargée de relever la sentinelle placée là: cette garde se tenait probablement sur la dépression nord de ce puy, au village de Tramont (au-delà des monts) où l'on voit encore, outre des maisons très anciennes et plus solidement construites que dans la plupart des autres villages, les larges pavés qui semblent déceler une chaussée romaine se dirigeant sur Tintignac.

De même qu'au puy Temporieux, la sentinelle devait être relevée par la garde postée sur une dépression, aussi au nord, de ce dernier puy, à Louradour par où passait aussi, comme nous l'avons dit, la chaussée de Tulle à Tintignac. On se rappelle que Louradour vient du mot latin *Oratorium*, oratoire, lieu sacré, comme Loura (qu'on écrit à tort Le Rat) où se trouve un dolmen (commune de Peyrelevade) et comme Oradour, Ouradour, localités de la Creuse et de la Haute-Vienne. Ces noms ont été donnés par les chrétiens à des établissements gaulois que nos ancêtres conservaient avec un soin pieux. Ne pouvant, d'un coup, détruire le culte païen, le christianisme le toléra d'abord, puis finit par le transformer en imposant, aux lieux consacrés à ce culte, des noms empruntés à la religion nouvelle: oratoires, églises, monastères, ou noms de saints et de saintes; de sorte que nos ancêtres, se servant peu à peu de ces nouveaux noms et invoquant tel ou tel saint, croyaient encore adresser leurs prières à leurs anciennes divinités. « C'est ce qui explique, dit M. Vacher, ancien député (mémoire intitulé : ***Sanctuaires païens en Limousin et en Auvergne***, lu au Congrès des Sciences, en 1876, à Clermont-Ferrand), c'est ce qui explique ce mélange de pratiques païennes et chrétiennes que l'on retrouve encore dans les campagnes : culte des fontaines, feux de Saint-Jean, etc., etc. »

La ville de Tulle continua à prospérer au moyen-âge, disputant à la nature, sur les flancs des collines voisines, l'emplacement de ses quartiers de la Barrière, d'Alverge et du Lion d'Or. Sa puissante abbaye avait, en 1219, plus de 40,000 livres de rentes (1) : nous avons, à propos d'Adhémar, exposé les immenses donations de ce dernier, et, à la note nº 10, celles qui lui furent faites près Compostelle par le roi d'Espagne. Les grands du pays tenaient à honneur d'être enterrés dans la basilique ou dans le cimetière situé entre l'église abbatiale, celle de Saint-Julien et l'Evêché, emplacement actuel de la place Gambetta. Là en effet dormaient leur dernier sommeil les puissants seigneurs de Comborn, Ventadour, Aubusson, Malemort ; les sires de Bar, Chaunac, Cornil, Corrèze, Favars, Gimel, Laroche-Canillac, de Lauthonie, Marcillac ou Marsillac, Saint-Exupéry, Sainte-Fortunade, Saint-Hilaire, Seilhac, Tulle, Vayrac, etc. Les vicomtes de Turenne avaient seuls le droit d'avoir leur tombeau sous le clocher, témoin de leur première puissance et où était enterré Adhémar d'Escals et où, sur le sud du pilier gauche en entrant dans la Cathédrale, le fait se trouve rappelé par une inscription sur une plaque en marbre blanc posée en 1827 en remplacement d'une pareille qu'y avait fait sceller, en 1698, le cardinal de Bouillon, frère du célèbre maréchal de Turenne qui aimait beaucoup son pays d'origine, lequel le lui rendait bien car, lorsqu'il arrive ici un grand malheur, on dit encore : ***Quéi pas lo mort de Toureno*** : ce n'est pas la mort de Turenne.

Tulle, aux anciennes franchises reconnues des rois, abbés et évêques, était libre de toute suzeraineté de seigneurs, même des Turenne, Comborn et Ventadour, les trois grands feudataires qui se partageaient le Bas-Limousin et dont les possessions s'étendaient presque aux portes de notre ville, tandis que les Turenne et après eux les Malemort et les Noailles faisaient pesamment sentir leurs droits sur Brive, comme les Ventadour sur Egletons et Ussel. C'est, peut-être, ce qui explique cet esprit indépendant et un peu frondeur qui caractérise encore les Tullistes.

Baluze (pp. 2, 4) affirme que Tulle « seconde ville du Limousin, fut *toujours* capitale du Bas-Limousin » et non point Brive que Marvaud (2) lui-même déclare avoir « longtemps, avant et après la conquête des Francs, fait partie du Périgord ». Brive relevait de la sénéchaussée du Quercy et dépendait du diocèse de Périgueux (3) jusqu'en 1376 et non des diocèses de Limoges et de Tulle, et ce n'est qu'en 1207, qu'on trouve un acte avec un sceau portant : Brive capitale du Bas-Limousin, mais il y avait déjà un demi-siècle qu'Eléonore de Guienne avait placé ce pays sous la domination anglaise qui ne put s'établir à Tulle. Comment cette ville aurait-elle pu être capitale d'un pays dont elle ne faisait pas complètement partie, située en outre à l'extrémité du Bas-Limousin ? A moins qu'elles ne soient placées sur le bord ou à proximité de la mer, les capitales d'un pays sont, pour la commodité des affaires entre tous les habitants, presque toujours établies au centre de ce pays.

De toutes les importantes abbayes du Bas-Limousin et de la collégiale de Brive, c'est l'abbaye de Tulle qui fut érigée en évêché en 1317, « comme étant, dit le pape Jean

(1) Abbé Poulbrière, *Histoire du diocèse*, p. 122.

(2) *Histoire du Bas-Limousin*, 2e vol., p. 213. Marvaud composa cette histoire pendant qu'il était professeur au collège de Brive.

(3) Leymonerie, *Histoire de Brive*, p. 36.

XXII (1) dans sa bulle d'érection, la ville la plus convenable, la mieux appropriée et la plus peuplée, *ad hoc convenientem et accomodum et populi multitudine copiosâ refertem civitatem*. C'est pour la même raison que les Etats-Généraux du Bas-Limousin sont convoqués et se réunissent à Tulle en 1370 et 1471 ; qu'à Tulle se rend l'envoyé que le roi de France a chargé de prélever des subsides pour soutenir la guerre contre les Anglais, et non à Brive qui avait malheureusement ouvert ses portes à l'ennemi et qui, pour cela, fut condamnée à perdre son consulat et ses franchises. Brive ne recouvra ses franchises que sur l'intervention d'un quasi tulliste, le pape Grégoire XI.

Tulle ne cessait de s'accroître et, d'après Mascaron « ceux qui ne font qu'y passer en disent du mal, et ceux qui y séjournent, en disent du bien ». — « Le vallon où elle est située est très beau et on trouve, au sortir des portes, des prairies, des collines couvertes de bois, des enfoncements, des ruisseaux qui sont très propres à faire rêver et qui peuvent, en quelque manière, consoler de la perte de ces grandes et belles vues que je viens de quitter autour de Paris. La ville est haute et basse : il y a des quais sur la rivière bien entretenus. Les maisons sont plus belles qu'à Limoges et à Poitiers (2). »

C'est cette situation privilégiée de Tulle que constate Louis XIV lorsqu'il érigea le présidial de notre ville, déclarant dans son édit d'érection que « précédemment il avait été établi à Brive un présidial auquel ressortissaient les sénéchaussées de Brive, Ussel et Martel, bien que Brive fût aux confins du Périgord et du Quercy et à deux grandes journées de Tulle, auquel lieu de Tulle l'établissement du siège présidial devait plutôt être fait, comme étant *capitale et plus commode*, située au centre du Bas-Limousin, décorée d'un siège épiscopal, sénéchaussée, élection, collège fameux et de nombreux couvents de chaque sexe, avec un grand trafic et nombre d'habitants industrieux, etc. » En 1710, quand il créa à Tulle une juridiction consulaire — chambre de commerce, une des rares que possédait alors la France — le même roi dit que « Tulle est l'entrepôt de plusieurs villes d'alentour et capitale du Bas-Limousin ». Dans son *Histoire de France*, Mézerai dit que Tulle, au moyen-âge, était merveilleusement achalandée par son commerce ; ce qui explique suffisamment la *Bourse* que nous signalons être établie près le pont du Péage ou pont Choisinet. Enfin quand l'Assemblée nationale organisa la France en départements, elle ne put s'empêcher de choisir Tulle pour chef-lieu de celui de la Corrèze.

La population de Tulle n'a cessé d'augmenter chaque année et, malgré le départ de nombreuses familles d'ouvriers licenciés de la Manufacture d'armes, elle compte encore 19000 habitants (18964), tandis que Brive n'en a que 16803. La superficie de la commune de Brive étant à peu près le double de celle de Tulle (4815 hectares contre 2459), il s'ensuit que la densité de la population du chef-lieu est plus du double que celle de Brive (771 habitants par 100 hectares contre 349).

Nous ne parlerons pas des glorieux enfants dont Tulle s'honore ; nous ne les nommerons même pas de peur de tomber dans l'excès de l'abbé Leymonerie qui fait brivistes grand nombre de célébrités nées ailleurs qu'à Brive et dans son arrondissement. Nous savons que Brive et Tulle ont produit, dans la magistrature, l'armée, les belles-lettres et les arts, un contingent mémorable de sujets distingués ; mais, en pensant à nos officiers supérieurs : Duval, Madelor, Marsillon, Forot, etc., à nos érudits si connus : Deloche, Perrier, Rebière et à notre penseur-poète J. Roux, il nous sera bien permis de dire que, si chaque chef-lieu de département fournissait à la France autant de généraux et de savants, il serait nécessaire, pour donner place à toutes ces illustrations, d'augmenter sensiblement le nombre de nos régiments et d'agrandir le palais de l'Institut.

(1) Jacques Duèze, de Cahors, qui connaissait bien Brive, la savait située à l'extrémité du pays et ressortissant de la sénéchaussée du Quercy.

(2) Lettre de Mascaron, évêque de Tulle, à Mlle de Scudéry (Poulbrière, pp. 297-298).

(12)

On a vu, au commencement de notre humble bluette, la charade composée par le prude Boileau, et, dans la chanson de F. Bonnélye (Note) les astuces que Cupidon cache au fond d'un demi-quart. Nous ne croyons pas avoir dépassé les bornes de la décence ni dans le texte ni dans les dessins de notre petite bluette.

(13)

L'abbé Béronie, dans son dictionnaire patois, définit ainsi *lou tsoler* : « lampe à queue, *lou tsolel* est cette lampe avec laquelle on s'éclaire à la campagne. Elle est alimentée avec de l'huile de noix ; autrefois, on n'y brûlait d'autre mèche que celle de moelle de jonc ; depuis quelque temps, on y emploie du coton. *Buffa lou tsolel* (souffler, éteindre la lampe) est une manière de congédier les gens de la veillée. Quelquefois des voisins réunissent leurs lampes et dansent à cette faible lueur. Ceux qui s'éclairent avec des bougies ou des quinquets appellent ces danses *daoùs bars éi tsoler* (des bals au lampion), mais ces bals sont très gais. Quand une personne meurt de vieillesse, on dit *Liovio pus d'oli dins lou tsoler* (il n'y avait plus d'huile dans la lampe)... Il est d'étiquette que tant qu'une personne morte est dans la maison, *lou tsoler demoro oluma* (la lampe reste allumée). »

(14)

Ce sont deux proverbes fréquemment employés et dont le sens est facile à saisir : on ne doit pas quitter un endroit, une position où l'on est bien ; — le plaisir éprouvé en faisant un travail qui plaît, en se livrant à une occupation attrayante, fait oublier le besoin de dormir.

(15)

Si, comme nous l'avons dit plus haut (note 11), les Tullistes avaient l'esprit indépendant, frondeur, ils devaient aussi être amis de la gaîté, quelque peu caustiques et, partant, amis de la *dive bouteille*, ainsi qu'il appert des citations suivantes que nous empruntons au Dictionnaire de Béronie, et de plusieurs chansons qu'on trouvera plus loin.

I. *Escunlous*, diminutif de *escunlo, escuélo*, petite écuelle. « Quelques hommes joyeux du quartier du Trech à Tulle avoient formé une société bachique dans laquelle au lieu de verres, on se servoit de petites écuelles. On les appela *lous Escunlous* ; ils prirent si bien la plaisanterie, que le jour de la fête du quartier, qui étoit celle de saint Pierre, ils attachoient trois écuelles au mai qu'on étoit dans l'usage de planter. On appelle encore à Tulle les habitants de ce quartier *lous Escunlous*. Ils boivent toujours bien, mais dans des verres. »

Voici une chanson de F. Bonnélye sur ce sujet :

EFONTS DÉI TRECH	ENFANTS DU TRECH

Sur l'air : *Dioù siot loùvad cus l'ot plantad.*

I	I
Efonts déi Trech, souvenès-vous Déi chomi néù, de las viradas, De nostres joûnes rendez-vous Près de la fount doûs amourous.	Enfants du Trech, souvenez-vous Du chemin neuf, des tournants de chemin, De nos jeunes rendez-vous Près de la fontaine des Amoureux.
II	II
Que fosiot bou se soulelha Jous la muralho de chas Rocho, Jous lou Sorér é lou Bonard Et dins lou prad de Sent-Barnard.	Qu'il faisait bon se mettre au soleil Sous la muraille de chez Roche, Sous le Sarel et le Bannal Et dans le pré de Saint-Bernard.

III

Près de la réino de las founts,
Dins l'ancién chomi de Loûsano,
E dins lou prad de Monojous
Ai possad mous jours lous pus dous.

IV

Lous petiots fosioût enroja
Mondou, Tenou é Filhola :
Lous grands onavout fa l'amour
O mount éi bos de Polodour.

V

Oprès vespra nostras momas
Nous debûlhoût caûcas puluches ;
Urous cus poudiot s'omossa
Dous soùs pér beùre déi pouma.

VI

Lous viéùs troubavout lou vi bou,
Lou bevioùt o plenas escuélas ;
Oné nous créiriam trop urous
Do lou beùre o plens escunlous.

VII

Ingrat cus vous oùblidoriot
Déi Touroun bélo permenado,
Lo Prodorio é soun choster
E lou chomí déi Roudorèr.

VIII

Péi mai è péi fé de sent Jan,
Pér cormontran, pér las Paschadas,
Sur lo vilo é sous foùbourg,
Lou Trech n'empourtavot lo flour.

IX

En sount nostres bars éi choler,
Nostras roundas sur lo Ploneto ?
Oquer bountemps tournorot pu :
Urous quer qui lô counégu !

X

Oné, lous temps sout bien chonjat,
Lo joùnésso es mai couroumpudo :
Lou chomi néù n'es deléissa
Pér Tivoli ou pér Soulha.

XI

Rougissout de porla patois,
Coumo un parisién de Lagueno
Qu'un rostér soûguet mas noumma
Quand lou manche veinguèt péi na.

XII

Quand sérai mort, m'entérores
Ei pé Sent-Clair, vers las Viradas
Et siur mó toumbo boutores
Eici d'ert « un efont déi Trech ».

III

Près de la reine des fontaines,
Dans l'ancien chemin de Lausane
Et dans le pré de Mariajou
J'ai passé mes jours les plus doux.

IV

Les petits faisaient enrager
Mandoux, Etienne et Fillole ;
Les grands allaient faire l'amour
Là-haut, au bois de Paladour.

V

Après vêpres nos mamans
Nous sortaient de la marmite quelques châtai-
[gnes cuites avec leurs pelures,
Heureux qui pouvait s'amasser
Deux sous pour boire du cidre.

VI

Les vieux trouvaient le vin bon,
Ils le buvaient à pleines écuelles ;
Aujourd'hui nous serions trop heureux
De le boire à pleines petites écuelles.

VII

Ingrat qui vous oublierait
Belle promenade du Touron,
La Praderie et son château,
Et le chemin du Rodarel.

VIII

Pour le mai et pour le feu de Saint-Jean,
A Carnaval, aux Pâques,
Sur la ville et les faubourgs
Le Trech emportait la fleur, éclipsait les autres
[quartiers.

IX

Où sont nos bals au lampion,
Nos rondes sur le plateau ?
Ce bon temps ne reviendra plus,
Heureux qui l'a connu !

X

Aujourd'hui les temps sont bien changés,
La jeunesse est plus corrompue,
Le chemin neuf est délaissé
Pour aller à Tivoli ou à Souilhac.

XI

On rougit de parler patois,
Comme un parisien de Laguenne
Qui ne sut nommer un râteau que
Quand le manche lui vint sur le nez.

XII

Quand je serai mort vous m'enterrerez
Au puy Saint-Clair, vers les tournants,
Et sur ma tombe vous mettrez
Ici « dort un enfant du Trech ».

II. *Tunaire* signifie *buveur*, qui boit bien sans s'énivrer. Les habitants d'une de nos rues s'en font honneur :

Vivot lo Borriéiro, maire, Vivot lo Borrieiro ! Sout de bouns tunaires, Maire ! Sout de bous tunaires !	Vive la Barrière, mère, Vive la Barrière ! Ils sont de bons buveurs, Mère ! Ils sont de bons buveurs !

(16)

A Tulle, la partie de la ville, du Collège à la place Saint-Jean, s'appelait *Lou Pilou*, petite pile, sans doute en souvenir d'une digue qui devait rejeter les eaux de la Corrèze sur la rive gauche pour protéger les jardins que chaque maison possédait vers le Pré-de-l'Hôpital (Champ-de-Mars actuel). On sait que sur ces jardins se sont, assez récemment, élevées les maisons qui forment aujourd'hui la rue Nationale. Anne Vialle, dans le dictionnaire de Béronie, dit à la page 200 : « Le *Pilou* étoit un pilier en bois ou pierre que les seigneurs faisoient placer autrefois pour désigner les limites à leurs seigneuries. Il y avoit autrefois un quartier de Tulle qu'on appeloit le *Pilou*. C'est la descente qui, de la rampe de la Barrière, conduit au Pré-de-l'Hôpital. La position sur la promenade d'alors (quai du Collège et partie de la rue Nationale) en avoit fait un Ban-gosi. Aussi la chanson disoit :

Ei Pilou sout tant bouns dronles ! N'en juégout lou countreronle, etc.	Au Pilou, il y a de si bons garçons ! Ils jouent la contredanse, etc.

Le *Pilou* pouvait bien, ici, délimiter les possessions de l'Hôpital qui avait des fours dans la Barrière et place Saint-Jean ; mais il avait été construit assez grandement pour servir de digue à la Corrèze.

Dans la deuxième maison aval du collège et avant l'exhaussement du quai, il y avait une boutique qui sert maintenant de cave. C'est dans cette boutique qu'un certain Rouveix avait établi un restaurant où il s'était fait une spécialité de mets composés de la chair du porc. Ses boudins aux marrons, ses saucisses, pieds de cochon, etc. lui attirèrent bientôt une bonne clientèle.

(17)

Plus bas que chez Rouveix et dans la rue de la Barrière, près la rampe (place Saint-Jean), la veuve Leyri tenait une auberge où elle s'était fait une réputation pour ses plats de macaroni et d'autres pâtes d'Italie. Cette auberge attenait à l'église de Saint-Jean et elle formait un pont pour le passage de la rue Nationale à l'église Saint-Jean et à la rue de la Barrière : elle fut tenue plus tard par la famille Dumaître et s'appelait l'auberge du *Cheval Blanc*.

(18)

La rue de la Barrière, à Tulle, était la seule voie suivie pour sortir de la ville et pour se diriger vers le sud. C'était, avec celle du Trech, la plus longue et plus commerçante : tandis que la noblesse du pays avait ses hôtels au pied du puy Saint-Clair, autour de la Cathédrale, dans la rue Riche et celle des Portes-Chanac, la bourgeoisie avait ouvert ses fabriques d'huile de noix, de drap du pays et ses magasins de vente dans les rues du Trech et de la Barrière. En face le couvent des Recollets (arsenal de la Manufacture nationale d'armes, devenu une des trois casernes d'infanterie), dans la rue de la Barrière dont presque chaque maison possédait un jardin qui vers les Tours, qui vers le Pré-de-l'Hôpital, se trouvait l'hôtel Laborde dont le propriétaire eut, pendant de longues années, l'entreprise des messageries. Outre l'abondante et bonne cuisine qu'y trouvaient les voyageurs, l'hôtel Laborde sut attirer les gourmets de la ville par ses terrines de conserves et ses fricandeaux à la gelée. Le père Laborde laissa deux filles dont l'une épousa Leseur qui — dans l'ancienne maison de M. de Bournazel devenue hôtel de l'évêque en attendant la construction du palais actuel de l'évêché — fonda l'*Hôtel Notre-Dame*, lequel existe encore, tenu par la famille Veyres ; l'autre fille épousa M. Berthelmy, ingénieur des ponts et chaussées, qui construisit les routes nationales n°s 89 et 120 et qui, parti volontaire sous la grande Révolution, devint général, prit une part brillante à la victoire de Hondschoote et revint mourir à Tulle où sa veuve et ses fils continuèrent l'entreprise des messageries.

(19)

Romanet avait, dans la rue des Portes-Chanac, une maison où il tenait un restaurant. Cette maison était précédée d'une cour close dans laquelle il avait établi un vivier pour la conserve du poisson. La manière dont il assaisonnait ses carpes au court-bouillon lui valut une certaine renommée. Romanet avait acheté sa maison à M. de Braconat, et son fils l'a vendue à M. Bourgès qui la possède encore (n° 2), près la Loge maçonnique.

(20)

Charles Serre, plus connu sous le simple nom de *Charles*, avait fondé, quai du Collège (maison actuelle de la Caisse d'épargne), un hôtel-restaurant où il se fit bientôt remarquer par sa fine cuisine et ses bons vins, par ses volailles truffées. Son fils continue la tradition paternelle et s'est établi plus largement dans le *Grand-Hôtel* que, sur l'emplacement du jardin de M. le comte Lavaur de Sainte-Fortunade, a fait luxueusement construire M. E. Crauffon, imprimeur et publiciste connu.

(21)

Jean-Baptiste Fournaud, qu'on appelait simplement *Baptiste*, vint aussi établir un restaurant, à l'angle de la place Municipale et du petit escalier conduisant à la rue de la Barrière, dans l'ancienne maison Rigaudie-Braconat. Il se recommanda bien vite par l'excellent apprêt et le bon goût de sa cuisine, s'attachant à fournir d'une manière irréprochable les meilleurs vins et les mets les plus délicats du pays. Son fils soutient dignement la renommée de son établissement et, à son ancienne spécialité, il a ajouté, depuis de longues années, une importante fabrication de conserves alimentaires : foies gras, champignons, petits pois, etc., qui jouissent d'une réelle réputation même à l'étranger. C'est chez lui que la Société des lettres, sciences et arts de la Corrèze donne ses dîners annuels, agréable résurrection du *Demi-quart des puces* et dans lesquels, à part le champagne obligatoire, on ne sert guère que des produits du pays.

(22)

Le verbe *Lebreta* n'a pas d'équivalent français. Le dictionnaire de l'abbé Béronie le définit ainsi : « Avoir grand désir, être dans une grande impatience de faire quelque chose : *Brûler. Iaou lebretavo de porla* : je brûlais de parler. » *Lebreta* vient de *Lèbre* : A ce dernier mot du même dictionnaire, Anne Vialle a ajouté la note suivante : « On connoit la vitesse du lièvre et combien il seroit ridicule d'essayer de l'attraper ; aussi nous disons proverbialement d'une chose qu'on ne peut raisonnablement espérer d'atteindre : *Oquei sur lo couo de lo lèbre* : c'est sur la queue du lièvre ; » — et il dit à la suite du mot *Lebra-ou* (Levraut) : « Nous appelons Lebraou un homme qui a l'esprit délié, ou le corps agile ; *quei un lebra-ou que n'es pas focile d'ocouta* : « c'est un levraut qu'il n'est pas facile d'attraper. » — Cette rapidité, cette impatience connue du lièvre à gagner un refuge devant la poursuite d'un chasseur a donné, dans notre pays, naissance à diverses expressions : ***Lebreto d'esse chas se***, se dit d'une personne qui hâte le pas pour entrer chez lui ; ***Lebretavot de s'otoùla*** : il lui tardait de se mettre à table ; ***Lebrete de n'en vira uno*** : je brûle d'envie d'aller danser une bourrée, etc.

(23)

Toutes ces historiettes, la plupart assez rabelaisiennes, se racontent plus ou moins agrémentées à Tulle, comme sans doute ailleurs, ainsi qu'un grand nombre d'autres qu'il eût été fastidieux de rappeler ici.

(24)

Anne Vialle, avocat, fut l'ami de l'abbé Béronie auteur du ***Dictionnaire patois*** de Tulle dont nous avons fréquemment parlé plus haut. Comme l'abbé Béronie, Anne Vialle était très attaché à son pays dont il avait beaucoup étudié l'histoire, les us et coutumes. A la mort de son ami, au dictionnaire duquel il avait collaboré, il fut chargé de terminer cette publication qu'il enrichit de nombreuses remarques sur les usages et les chansons populaires du pays (1). Anne Vialle aimait et cultivait avec succès la langue limousine ; il a laissé, dans l'idiome de Tulle, un grand nombre de pièces de vers, surtout des Noëls (*Nodolets*), presque toutes satiriques, mais pleines d'esprit. Voici quelques-unes de ces poésies, que nous faisons précéder de sa belle description de la peste qui sévit à Tulle en 1348.

LO PÉSTO DE TULO

Iot caoùques cinc cents ans qu'uno ofrouso coumeto
Sur lou poïs doùs Francs brondit so codeneto.
Lo Pésto, de so couo, sur lo Franço pléguét ;
Lo Fomino, so sor, éitoléù lo seguét.
Mas, de tous lous poïs qu'oquelas douas bourélas
Sejavout, jour é nét, de liours dalhas cruélas,
Nostre paûre boujar fuguét lou miér toundud :
Tout lou vere déi ciar léi sérot reboundud.
Dempéi lou péch Pinsou truscos éi péch d'Eschalas
L'ange esterminotour olondavot sas alas,
Crubiot touto lo Fageo é tout lou Bos-Moungiér :
Un triste drap de mort pendoùlhavo éi clouchiér.
Las dronlas, sur lous péchs, en lours voulhas piéladas,
Troubavout degun pus pér liour fa las viradas :
Lo mort las léi sudavo é lour triste chodér
O l'establo o lo nét, touchavot lour troupér.
Liours fraires, dins lous chomps, en liour figuro palo,
De liours mourentas mas sentioût fugi lo palo,
E sens degun omij qui liour boressot l'ér,
Lou tal déi bessodis liour serviot de toumbér.
De soun petiot mourent lo maire desoulado,
En purant, sur lou brés, demouravo opoùtado ;
De soun sen dessechad l'istouressiot lou piéi
Et lo paùro, espiravo, en poutounant soun créi !
Lou paire que veniot d'ofona so journado,
Trobot, redes péi sor, so femme é so méinado,
S'ogafot lous pougnets, sur lo téro se tord :
E il que la voudriot, ne trobot pas lo mort !...

(1) Voir l'excellent article que, dans le journal *Le Corrésien*, lui a consacré notre savant ami, M. Clément-Simon, ancien procureur général, auteur estimé de nombreux ouvrages historiques, qui habite le château de Bach près des Arènes de Tintignac, à Naves.

(Il y a quelque cinq cents ans qu'une affreuse comète sur le pays des Francs brandit sa cadenette (chevelure) : la Peste, de sa queue, sur la France tomba comme une pluie ; la Famine sa sœur, aussitôt la suivit. Mais de tous les pays que ces deux bourrelles fauchaient, nuit et jour, de leurs faux cruelles, notre pauvre trou de Tulle fut le mieux tondu : tout le venin du ciel s'y était caché. Depuis le puy Pinson jusqu'au puy des Echelles, l'Ange exterminateur étendait ses grandes ailes ; il couvrait toute la Fage et tout le Bois-Mongier. Un triste drap de mort pendait lugubrement au clocher. Les jeunes bergères, sur les puys, avec leurs brebis pelées et décharnées, ne trouvaient plus personne pour les aider à rassembler leur troupeau dispersé ; la mort les y surprenait et leur chien attristé ramenait leur troupeau à l'étable à la tombée de la nuit. Leurs frères, dans les champs, avec leurs figures pâles, de leur mourante main sentaient s'échapper la pelle et, sans aucun ami qui leur fermât l'œil, le sillon qu'ils avaient bêché leur servait de tombeau. De son petit mourant, la mère désolée, en pleurant, sur le berceau s'affaissait accablée : de son sein desséché elle tordait en vain le bout et, la pauvre, expirait en embrassant son nourrisson. Le père, qui venait de s'épuiser à gagner sa journée, trouve, raides sur le sol, sa femme et son enfant ; il se mord les poings, sur la terre se tord de désespoir, et lui qui la voudrait ne trouve pas la mort.)

Anne Vialle a souvent fait allusion à un original du Trech, Boudigal, et à son âne dont le souvenir s'est encore conservé :

Boudigar
Monto éi ciar
Ende un agulhét de fiar,
Lou fiar petét
E Boudigar toumbét.

(Boudigal monte au ciel avec une aiguillée de fil ; le fil cassa et Boudigal tomba.)

Mais Boudigal ne se tua pas, car il se rendit célèbre par ses excentricités et celles de son âne qui fut bien la bête la plus extraordinaire de son espèce et dont Anne Vialle parle ainsi :

Omplane l'Elicoun, grimpe lou péch d'Eschalas ;
De Pegaso créirias que n'ai 'mprenta las alas...
Ma vese galoupa l'ase de Boudigal :
Foùs saùto-cinc dessus é monte en il éi cial.

(Je fais l'ascension de l'Hélicon, je grimpe sur le puy des Echelles ; vous croiriez que j'ai emprunté les ailes de Pégase... Mais, j'aperçois galoper l'âne de Boudigal : je fais le saut de mouton dessus et je monte avec lui au ciel.)

Voici une autre allusion à Boudigal, faite sous la Restauration dans le temps où Béranger écrivait ses *Revenants* contre le zèle que déployaient encore les missionnaires ou *Hommes noirs*.

Nous devons dire que l'abbé Chastang visé par Anne Vialle était un digne prêtre, au cœur généreux, d'une bonté proverbiale, qui mourut très regretté et victime, assure-t-on, de la douleur de ne pouvoir trahir le secret de la confession pour sauver de l'échafaud un jeune homme se reconnaissant coupable d'un crime commis par son père.

UN ALLELUIA SOUS LA RESTAURATION

Ounte éras dimenche possa
Cand l'abé Bromard ot precha ?
Touto lo villo n'ot porla.
Alleluia.

Où étiez-vous dimanche passé
Quand le fougueux abbé Ch. a prêché ?
Toute la ville en a parlé.
Alleluia.

Oh ! coumo fuguét elouquent !
Ero enspirad pér l'Esprit sent :
Jomais Bossuét ot tant touna.
Alleluia.

« Joúnésso sens educocieù,
« Déi mounde l'obouminocieù ?
« Vous aùtres, sires tous domna !
Alleluia.

« Ovès puisad dins lous Rousseau,
« Lous Voltaire, lous Mirabeau
« Doùs grands principes d'impiéta.
Alleluia.

« Joúnésso, pér vous counvérti,
« Venés éici ser é moti : —
« Vous aùtre éitar sires souva. »
Alleluia.

Uno meneto qu'éro oti
Creguét véire lou Sent-Esprit
Descendud pér l'illumina.
Alleluia.

« Femnas de Dioú — n'otillo dit —
« Un nouvér sente ovems oti :
« Tout viéù lòu chart conounisa ?
Alleluia.

« Dinne fraire de Boudigar,
« Dins lo legendo oura'n boujar :
« Doùs ases lou potrou sira.
Alleluia.

Oh ! comme il fut éloquent !
Il était inspiré par l'Esprit-Saint :
Jamais Bossuet n'a tant tonné.
Alleluia.

« Jeunesse sans éducation,
« Du monde l'abomination ?
« Vous autres, vous serez tous damnés.
Alleluia.

« Vous avez puisé dans les Rousseau,
« Les Voltaire, les Mirabeau,
« De grands principes d'impiété.
Alleluia.

« Jeunesse, pour vous convertir,
« Venez ici soir et matin,
« Vous autres, ainsi vous serez sauvés. »
Alleluia !

Une bigotte qui était là,
Crut voir le Saint-Esprit
Descendu pour l'illuminer.
Alleluia.

Femmes de Dieu — a-t-elle dit —
Un nouveau saint nous avons là ;
Tout vivant il faut le canoniser ?
Alleluia.

Digne frère de Boudigar
Dans la légende tu auras un coin :
Des ânes le patron tu seras.
Alleluia.

Un officier tulliste avait surpris à Colmar le fil de la conspiration du colonel Berton en faveur de Napoléon Ier et s'était empressé d'en prévenir ses chefs qui firent avorter cette conspiration et punir les coupables. C'était sous la Restauration aux passions ardentes entre légitimistes, impérialistes et républicains. Dès que la nouvelle s'en répandit à Tulle, les amis de l'officier l'appelèrent : le Sauveur de la France. Anne Vialle taille aussitôt sa plume et écrit les couplets suivants :

LOU SOUVODOUR DE LO FRANÇO

Oqueste cot séms be prou fier
De lo nouvélo qu'oùguéms iér :
Un Tulliste ot soùvad lo Franço !
Sens ir, toumbavo en decodanço.
Coumo dins quer paùre boujar
S'est pougu trouba'n V... ?

Lous d'Orléans se cresioùt tan
Dempéi mai de cinc cents an
De l'estotuio de liour Pieùcélo ?
Léù n'oùrems uno de puş bélo :
Forems ressuscita Picar
Pér nous fa quelo de V...

LE SAUVEUR DE LA FRANCE

Cette fois-ci nous sommes bien assez fiers
De la nouvelle que nous eûmes hier :
Un Tulliste a sauvé la France !
Sans lui elle tombait en décadence :
Comment dans ce pauvre trou (de Tulle)
S'est-il pu trouver un V...?

Les gens d'Orléans se montraient si fiers,
Depuis plus de cinq cents ans,
De la statue de leur Pucelle ?
Bientôt, nous en aurons une de plus belle :
Nous ferons ressusciter Picard
Pour nous faire celle de V...

Ane ! ane ! Moussiu lou Borou,
Omai vous Moussiu Théyssiéirou !
Zou vous possorems o coumpte
Oqualo soumo que co mounte,
Masque éi prad de l'Espitar
Vejams pinca notre V...

Allons ! allons ! M. le baron de Saint-Priest de [Saint-Mur,
Même vous, M. Teyssier !
Nous vous passerons tout à compte
A quelle somme que cela monte
Pourvu qu'au Pré de l'hôpital (Champ de Mars)
Nous voyons se dresser la statue de V...

Voici quelques Noëls composés par Anne Vialle :

I

O l'entour de l'estable
Ount Jésus érot na,
Liovo'n mounde de diable
Que léi vouliot entra.
«José, dissét l'Efont, prens-me uno baro torto :
« Eici voulems mas doùs péisants,
« De bouns bourges, doùs ortisants ;
« F... lous aùtres o lo porto. » (1)

I

A l'entour de l'étable
Où Jésus était né,
Il y avait un monde de diable
Qui y voulait entrer.
« Joseph, dit l'Enfant, prends-moi une barre torte :
« Ici nous ne voulons que des paysans,
« De bons bourgeois, des artisans,
« Fiche les autres à la porte. »

II

Dins lo foulo qu'entravot
Lioviot un oùficier
Qu'un emigra poussavot
Pér lou buti dorniér.
Mas l'Efont, d'un ér fi, loutriét dins lo troupo :
« Moma, oquer n'ot pas troï,
« S'es pas botud pér l'enemi ;
« Dono-li de mo soupo. »

II

Dans la foule qui entrait
Il y avait un officier
Qu'un émigré poussait
Pour le faire reculer derrière. [troupe :
Mais l'Enfant, d'un air fin, le distingue dans la
« Maman, celui-là n'a pas trahi,
« Ne s'est pas battu pour l'ennemi ;
« Donne-lui de ma soupe. »

III

Lou tigre de lo Corso
Qu'ot tant versa de sang,
Fait fa plaço pér forço
En soun amij Bertrand.
L'efont s'en tronsit tout, creguê que qu'èro Erodo
Que doùs tetes de liours momas
Dorojavot lous noúvèus nads :
Ir n'oviot pres lo modo.

III

Le tigre de la Corse
Qui a tant versé de sang,
Fait faire place par force
Avec son ami Bertrand. [c'était Hérode
L'Enfant en est tout saisi de peur, il crut que
Qui des seins de leurs mamans
Arrachait les nouveau-nés :
Il en avait pris la mode.

IV

Nostre paùre Gounélo
Léi vét tout debrolha,
Fait peta so brotélo
Cand vort s'ogenoulha. [mable
« Et dount m'as soùta quer ? dissét l'Efont ai-
« Pér Sent-Ontoni, lous gognous,
« José, ne sout pas to boudrous :
« Torno lou dins l'estable. »

IV

Notre pauvre Gonelle (2)
Y vient tout débraillé,
Il fait rompre sa bretelle
Quand il veut s'agenouiller. [aimable.
« Et d'où m'as-tu sorti celui-là ? dit l'Enfant
« A la Saint-Antoine, les cochons,
« Joseph, ne sont pas si couverts de boue :
« Rentre-le dans l'étable ».

(1) Ce noël, on le comprend, fut composé sous la Restauration.

(2) Il s'agit ici du roi Louis XVIII dont la trop grande obésité, disait-on, ne lui permettait de porter qu'un jupon. (Gounel, ou gonelle, mot employé par Victor Hugo, dans *Notre-Dame de Paris*, pour désigner la tunique de saltimbanque portée par Gringoire.)

I

L'ange Grobiér vait soluda Mario :
« Ah ! Viérjo sent', vous véne soluda !
« Lou fir de Dioù vous chart pourta. »

II

« Ange Grobiér, lou pourtorai ioù gaire ?
« Ah ! Viérjo sent', naù mes lous portores
« Omai viérjo toujours sires. »

III

« Ange Grobiér, dins car mes deùrot naisse ?
« Ah ! Viérjo sente en lai péi miéj d'ivèr,
« Dins un estable mar crubért. »

I

L'ange Gabriel va saluer Marie :
« Ah ! Vierge sainte, je viens vous saluer !
« Le fils de Dieu il vous faut porter. »

II

« Ange Gabriel, le porterais-je guère (long-
[temps) ? »
« Ah ! Vierge sainte, neuf mois vous le porterez
« Et même toujours vierge vous serez. »

III

« Ange Gabriel, dans quel mois devra-t-il naî-
[tre ? »
« Ah ! Vierge sainte, par là vers le milieu de l'hiver
« Dans une étable mal couvert. »

I

L'aùtre jour, éi pé d'Eschalas,
N'érams caùques postouréùs :
N'en coumtavams las estialas
En gardant nostres troupéùs,
Cant tout d'un cot lo luour
D'un grand et brillant esclaire
Nous opporeguét dins l'aire
E nous romplit de froiour.

II

Lo poù fugué be pus grando
Cant veguéms éitour de noù
D'anges déi ciar uno bando
Que credavo o pleno vou :
« Qu'o jomaî Dioù siot loùva
« D'over fa fini lo guéro
« Que lou ciar fosio o lo terro
« O caùsó de sous pecha.

III

« N'ojas poù, prenés courage :
« Vous es nad un grand segnour,
« N'en méritot vostre oùmage
« Miér qu'un aùtre de lo Cour.
« Se voulés sober ounte es,
« Lou troubores dins un estable,
« Dins un estat pitouïable,
« Que n'en tremolot de fres. »

IV

Adounc tournét dire l'ange :
« Dovolas-vous-en olén,
« Pér lou cas lou pus estrange
« Es vengud o Bethléem.
« So maire léi ot siéilad
« Oquel efont adourable ;
« Se ne fusso estad une estable,
« Lou Nodolet n'érot giolad. »

I

L'autre jour au puy des Echelles,
Nous étions quelques bergers ;
Nous comptions les étoiles
En gardant nos troupeaux
Quand tout d'un coup la lueur
D'un grand et brillant éclair
Nous apparut dans l'air
Et nous remplit de frayeur.

II

La peur fut bien plus grande
Quand nous vîmes autour de nous
Une bande d'anges du ciel
Qui criait à pleine voix :
« Qu'à jamais Dieu soit loué
« D'avoir fait cesser la guerre
« Que le ciel faisait à la terre
« A cause de ses péchés.

III

« N'ayez point peur, prenez courage ;
« Il vous est né un grand seigneur,
« Il mérite votre hommage
« Mieux qu'un autre de la Cour.
« Si vous voulez savoir où il est,
« Vous le trouverez dans une étable,
« Dans un état pitoyable,
« Qui grelotte de froid. »

IV

Alors, revint à dire l'ange :
« Descendez vers là-bas,
« Par le cas le plus étrange
« Il est venu à Bethléem.
« Sa mère a là abrité
« Cet enfant adorable ;
« S'il n'avait été une étable,
« L'enfant né en Noël était gelé. »

V

Odounc nous boutèms en routo,
Nous boutèms de dous o dous.
Toni — que no pas lo gouto —
N'en pourtavot lou blondou.
Jan — que n'ot l'esprit oùs deth —
Jougavot de lo chobreto,
Giroulet de lo troumpeto
E José déi fléijoulet.

VI

Onérams dins lou vilage
Revelha nostre Jonet ;
Vouguét ésse déi vouïage
Pér véire lou Nodolet,
Nous seguét en soùticant.
So maire que tremoulavot,
De lounj en lounj li credavot :
« Jonet ne courias pas tant. »

VII

O lo fi, troubèms l'estable
Oprès l'over plo chorchad :
Veguéms l'efont adourable
Que l'ange ovio onounçad,
So maire — qu'érot près d'ir, —
Dins quelo ouro lou mudavot;
Lou boun José l'ojiudavot
E li teniot lou tsoler.

VIII

Odounc, touto nostro bando
Sounét de sous estrument,
E nous n'onéms o l'oùfrando
D'o genour, devotoment.
Lo bouno Vierjo josent
O tous nous lou présentavot,
Chascun lou poutounejavot
E li fosiot soun present.

XI

Dins l'estable de so maire,
Girard preguét un agnér :
De lo gabio de soun paire,
Jonét n'en ponét l'ousér ;
Jan oviout dous joletous
Liads en lou fiar d'uno blesto;
Liour oviot coupad lo cresto
Et possavout pér chopous.

X

Toni — que din so joùnésso
Ero estad boun escouliér,
Qu'enquéro dins so viélhésso
Sobiot mai qu'un counselhér —

V

Alors, nous nous mettons en route,
Nous nous mettons de deux à deux.
Antoine — qui n'a pas la goutte —
Portait un brandon de paille allumée,
Jean — qui a l'esprit jusqu'au bout des doigts —
Jouait de la musette,
Gérard de la trompette
Et Joseph du flageolet.

VI

Nous allâmes dans le village
Réveiller notre Petit-Jean ;
Il voulut être du voyage
Pour voir l'Enfant né en Noël ;
Il nous suivit en sautillant.
Sa mère qui tremblait de froid,
De loin en loin, lui criait :
« Petit-Jean ne cours pas tant. »

VII

A la fin, nous trouvâmes l'étable
Après l'avoir bien cherchée ;
Nous vîmes l'enfant adorable
Que l'ange avait annoncé.
Sa mère, qui était près de lui,
Dans cette heure le changeait d'effets;
Le bon Joseph l'aidait
Et tenait la lampe à queue.

VIII

Alors, toute notre bande
Fit sonner ses instruments
Et nous allâmes à l'offrande,
A genoux, dévotement.
La bonne Vierge — qui venait d'accoucher —
A tous nous le présentait.
Chacun le couvrait de baisers
Et lui faisait son présent.

IX

Dans l'étable de sa mère,
Gérard prit un agneau ;
De la cage de son père
Petit-Jean vola l'oiseau.
Jean avait deux petits coqs
Liés avec le fil d'une étoupe ;
Il leur avait coupé la crête
Et ils passaient pour chapons.

X

Antoine — qui dans sa jeunesse
Avait été bon écolier,
Qui encore dans sa vieillesse
En savait plus qu'un conseiller, —

Li dissét pér coumpliment :
« Dioù que sés vengud en téro,
« Sé n'érot estad lo guéro,
« Vous portoriams dé l'orgent.

XI

« Pérmetés qu'oquesto onnado
« Peschams véire fa lo pa :
« Vous foriams plo bélo oùbado,
« Miér que jomai n'ojems fa !
« Tiras nous quieùs couletours
« Que sout tout forcids de ronles,
« Fosés-n'en pérdre lous monles
« Pér ujan é pér toujours ! »

Lui dit pour compliment :
« Dieu qui êtes venu sur terre,
« S'il n'avait été la guerre,
« Nous vous porterions de l'argent.

XI

« Permettez que, cette année,
« Nous puissions voir faire la paix :
« Nous vous ferions bien belle aubade
« Mieux que jamais nous n'ayons fait !
« Otez-nous ces percepteurs
« Qui sont tout farcis de rôles,
« Faites-en perdre les moules
« Pour aujourd'hui et pour toujours ! »

Plusieurs personnes affirment que ce Noël est de Bertrand de Latour, le premier historien de Tulle ; d'autres l'attribuent à Anne Vialle. Nous soupçonnons beaucoup ce dernier d'avoir exercé sa verve satirique sur l'œuvre de notre célèbre chanoine. Comme nous n'avons que des copies manuscrites qui diffèrent assez entre elles, nous avons fait notre possible pour coordonner les 11 couplets ci-dessus. A l'avance, nous envoyons l'expression de notre reconnaissance à qui voudra bien nous adresser des rectifications non-seulement au sujet de ce Noël, mais encore de tout le présent travail, applaudissant sincèrement à tous ceux qui, assurément mieux que nous, s'occuperont de chanter notre chère cité de Tulle.

(25)

F. Bonnélye a publié, en français et en patois, plusieurs chansons sur des souvenirs du pays fort bien accueillies du public tullois qui aime encore à en chanter quelques couplets, regrettant de ne plus trouver entières ces chansons imprimées jadis. Pour combler cette lacune, nous donnons ici ces chansons dont notre vieil et regretté ami avait bien voulu nous adresser un exemplaire. D'une nature bienveillante, trop craintive, mais dépourvue d'ambition, ce sage ne voulut jamais professer que sa chère classe de 6e à notre collège, et ne s'occuper que de l'histoire de notre antique cité où il ne comptait que des amis, comme parmi ses nombreux élèves. Des volumineux documents qu'il avait réunis, il commença d'écrire l'*Histoire de Tulle et de ses environs* que la mort l'a empêché de terminer. Espérons que ses héritiers, qui ne savent qu'en faire et ne les gardent que comme un souvenir pieux, donneront à la bibliothèque de leur ville natale ces documents précieux pour être là consultés avec fruit par les érudits et les amateurs des choses du passé. F. Bonnélye n'était pas un homme de génie, mais était un Tulliste intelligent, aimant notre ville d'un amour enthousiaste. Depuis longtemps, officiellement en deux circonstances, nous avions demandé qu'une rue du Trech portât son nom et qu'un mausolée lui fût érigé au Puy-Saint-Clair, vers les Tournants (las Viradas) du chemin de Lagraulière, ainsi qu'il l'avait demandé dans sa chanson *Efonts déi Trech* ; aussi, avons-nous applaudi plus tard à la décision du Conseil municipal de Tulle baptisant du nom de François-Bonnélye une des rues de ce quartier du Trech où Bonnélye était né et qu'il avait aimé.

Ci-avant (pages 32, 35, 47) on a lu trois chansons : *Le demi-quart des puces*, *Lo Lèbre en chobessar* et *Efonts déi Trech*, voici *Le Clocher Tulle*, et, page 63, *Lou bar éi tsoler*, qui complètent ce que Bonnélye appelait *Les cinq joies d'un vieux Tulliste* :

LE CLOCHER DE TULLE

Sur l'air : *Il est un Dieu, devant lui je m'incline.*

I

Eh ! quoi, Messieurs, vous trouvez ridicule
Que j'aime tant l'ombre de mon clocher,
Que je me plaise aux tristes murs de Tulle
Qu'on voit bien haut suspendus au rocher ?
Oui, je m'y plais : tous les traits de l'envie
De mon pays ne m'ont pu détacher,
J'ai commencé, je veux finir ma vie
Au pied de mon clocher (*bis*).

II

J'aime l'élan de ta flèche hardie :
Sur nos coteaux domine, mon clocher !
Sois l'ornement de ma pauvre patrie
Toi que le temps n'a pu faire changer.
Tous les trésors de la Californie
A mon berceau ne sauraient m'arracher ;
J'ai commencé, je veux finir ma vie
Au pied de mon clocher (*bis*).

III

Tu fus vanté par le savant Duchêne,
Tu protégeas les cendres des Comborn,
Des Ventadour, des Gimel, des Turenne,
Des Saint-Chamant, des Chanac, Malemort :
Tous les vassaux de ta rude abbaye
Après leur mort vinrent s'y reposer
Et, loin des camps, chercher une ombre amie
Au pied de mon clocher (*bis*).

IV

Ah ! redis-nous cette lutte sanglante
De nos aïeux pour demeurer français :
Lorsque partout, la Guienne tremblante
Courbait son front devant un prince anglais,
Tulle resta pure de l'infamie
Et repoussa le joug de l'étranger :
Le premier cri : Vengeons notre patrie
Partit de mon clocher (*bis*).

V

Pendant vingt jours, tu repoussas Turenne ;
Mais la valeur au nombre enfin céda ;
Pour Lamaury toujours sonne ta haine !
Bientôt le calme aux troubles succéda,
Mais quand les rois marchaient contre la France
Qu'on déclarait la *Patrie en danger*,
Le noble cri d'alarme et de vengeance
Partit de mon clocher (*bis*).

VI

O mon clocher, n'appelle plus aux armes
Les habitants de mon humble cité ;
Que ton bourdon leur redise les charmes
Qu'ils trouveront dans la fraternité ;
Et désormais, notre pays tranquille
Verra ses fils s'unir, se rapprocher
Et ne former qu'une même famille
Au pied de mon clocher (*bis*).

(26)
Quelques années avant la Révolution de 1789, vivaient à Tulle, entourés de l'estime publique, deux membres de la bourgeoisie de cette ville : l'abbé Sage et le Père Lacombe, ancien jésuite. Esprits fins et quelque peu caustiques, ils nous ont laissé quelques poésies écrites en langue limousine, dialecte de Tulle. L'abbé Sage est auteur de deux *Dialogues entre des sœurs* du couvent des Ursulines lequel occupait, sur la rive gauche de la Corrèze, en face du collège des jésuites, l'emplacement actuel du square Sainte-Ursule et les bâtiments de M. Loubignac-Labissière et M. le docteur Valette. Le P. Lacombe a composé un poème héroï-comique en deux chants dans lequel il plaisante agréablement les chanoines de l'ancien Chapitre vivement préoccupés d'assurer un meilleur rendement à leur moulin des Portes-de-Fer, près le pont Choisinet ; ce poème a nom : *lo Moulinado*. Anne Vialle a inséré ces deux poésies à la suite du *Dictionnaire patois* de Béronie ; mais, pour la Moulinade, il déclare qu'il n'a pu reproduire que des feuillets épars, n'ayant pu se procurer le manuscrit entier de ce poème. Plus heureux qu'Anne Vialle, nous avons découvert une copie de ce manuscrit qu'a publié la *Société des lettres, sciences et arts de Tulle*, dans le nº 4 de l'année 1892 et les nºs 1 et 2 de l'année 1893.

(27)
Enrouta ; mettre en route. On lit à ce mot, dans le dictionnaire de l'abbé Béronie : « Mettre en action, en mouvement ; mettre en train. *Enrouta un proucès* signifie

commencer un procès. *Enrouta-li*, disent nos paysans, pour exprimer : « donnez-lui une assignation. » Ce mot s'emploie fréquemment en ville et surtout à la campagne. Quand on invite une personne à dire une chanson : *Ane ! enroutas-n'en uno* : allons ! commencez-en une, lui dit-on. Si cette personne n'a pas bien pris le ton de l'air, ou ne se rappelle plus tel vers où tel couplet, on dit : *Zou ot mar enroutad* : elle s'y est mal prise, ou *Enroutas n'en uno autro*, chantez-en une autre.

(28)

Edoula. Ce verbe signifie : crier à tue-tête, soit en appelant quelqu'un, soit en chantant. Nos paysans, dans les champs ou en voyage, aiment, pour bien chanter à leur goût, à avoir dans l'oreille l'index de la main droite et l'agitent là, pendant que leur voix exécute des *trémolos* soutenus sur la dernière syllabe de tel ou tel vers, comme la chanson des Moissonneurs : « *De boun mòti, lo tant bélo Liséto* » (De bon matin, la tant belle Lisette), etc. Les jours de fête : noces, tirage au sort, etc., les garçons témoignent leur joie en terminant chaque couplet par des gestes excentriques et par des cris stridents qui n'ont rien d'agréable, mais rappellent les gestes et cris que nos ancêtres, les Gaulois, employaient en s'élançant sur leurs ennemis qu'ils épouvantaient ainsi autant que par leurs armes. C'est peut-être ces mêmes cris et gestes qu'avec le mot : *Tuélo !* nos aïeux poussèrent quand ils surprirent à Tulle les Anglais et les chassèrent pour toujours. (Voir ci-avant note 11). Le mot *Edoula* ne se trouve pas dans le dictionnaire de l'abbé Béronie. Les nombreuses lacunes que l'on trouve dans cet ouvrage et l'orthographe phonétique erronée qu'il applique aux mots, rendent nécessaire la publication d'un vrai dictionnaire de notre antique langue : notre éminent compatriote, le savant abbé Roux, a voulu combler cette lacune et nous faisons des vœux pour qu'il publie au plus tôt son important *Dictionnaire de la langue limousine.*

(29)

Parmi les airs du pays que, pour les besoins de la danse, nos ménestrels ont presque transformés en airs de valse pour les *bourrées*, il en existe sur tous les tons : le grave, comme la Marseillaise tulliste : *Peschobilhèr lou noble*, et le chant des conscrits dédié à nos valeureux *quillebombiers* (gymnastes) *Que chascun sas armas neteje* (que chacun ses armes nettoie) ; le tendre, gracieux, mélancolique, comme *Ioù n'ame uno postouro*, (j'aime une bergère), *Baisso-te, mountagno ; lèvo-te, valoun*, etc. ; d'autres ont une allure sautillante, un charme entraînant, comme *Dijas, Jontou, coumo te fait to femno ; Delai lou ribotèr, io'no lèbre ; Mo meïoun n'aimot lous us, aimot lous aûtres, m'aimot pas ioù ; Moussu lou cura, ioù me moride ; Oùt bica lo Morianno, ovar ëi fount déi prad ; Quand possores, Pouloto, venés nous vére ; Lo vole lo Morianno, lo vole mai l'oùrai ; Quand ioù n'èrot jouneto ; Gardo toun boun tems, Pouloto ; Ounté èras-tiu orse onado, pardieu ! sandieù ! Marioun ? O calho, paoùro calho, ount'as toun nièu ?* etc., etc.

Nous demandons la permission de donner ici en entier cette dernière chanson, et voici pourquoi. Sous la deuxième République, vers 1850, le Ministre de l'Instruction publique décida la publication, aux frais de l'Etat, des chansons populaires de la France. Des instructions furent données pour inviter les instituteurs à recueillir toutes les chansons de leur commune et à les adresser par la voie hiérarchique au recteur chargé d'en faire un choix avant de les envoyer au Ministre. Depuis longtemps, nous avions collectionné ces chansons et noté leurs airs : nous nous empressâmes de faire divers envois comprenant plus de 100 chansons. Quelques années après, nous apprîmes avec plaisir que plusieurs auteurs de pareils envois avaient, avec des lettres de félicitations ministérielles, été nommés officiers d'Académie ; mais il ne nous parvint jamais le moindre remerciement pour notre travail cependant assez important. Une circonstance imprévue nous donna le mot de l'énigme. Nous trouvâmes dans certain bureau la totalité de nos envois, dans lesquels le chef de bureau avait abondamment glané pour effectuer ses envois personnels qui lui avaient valu certaines récompenses. *Sic vos non vobis.* Sans rien dire, nous nous promîmes une petite vengeance, celle d'ajouter aux deux ou trois couplets dont se compose ordinairement chaque chanson populaire, quelques couplets de notre composition et de les faire parvenir au Ministre par l'intermédiaire du député de Tulle, M. Favart. Quelques mois après, nous arriva une lettre ministérielle nous félicitant de nos envois et nous annonçant que quatre de nos chansons avaient été jugées dignes de paraître dans l'ouvrage à publier par le Gouvernement. Au nombre de ces quatre chansons se trouvait celle de la *Calho* ci-après que nous sommes obligé de donner ici, puisqu'elle a été imprimée à notre insu et sans indication d'origine par des personnes à qui nous l'avions communiquée.

LO CALHO	LA CAILLE
I	I
O calho, paùro calho (1) Ount'as toun nieù ? Ount'as toun nieù, M'omour, Ount'as toun nieù ?	O caille, pauvre caille, Où est ton nid ? Où est ton nid, Mon amour, Où est ton nid ?
II	II
— Ovar, o lo rebiéiro, Lou lounj d'un rieù ; Lou lounj d'un rieù, M'omour, Lou lounj d'un rieù.	— Là-bas, vers la rivière, Le long d'un ruisseau ; Le long d'un ruisseau, Mon amour, Le long d'un ruisseau.
III	III
O calho, paùro calho, De qu'es bostit ? De qu'es bostit, M'omour, De qu'es bostit ?	O caille, pauvre caille, De quoi est-il bâti ? De quoi est-il bâti, Mon amour, De quoi est-il bâti ?
IV	IV
— De jolhas rosas blanchas, De roumonet ; De roumonet, M'omour, De roumonet.	— De jolies roses blanches D'aubépine ; D'aubépine, Mon amour, D'aubépine.
V	V
O calho, paùro calho, Que iot dedins ? Que iot dedins, M'omour, Que iot dedins ?	Ocaille, pauvre caille, Qu'y a-t-il dedans? Qu'y a-t-il dedans, Mon amour, Qu'y a-t-il dedans ?

(1) Il faut bisser les 2 premiers ensemble et ensuite le dernier vers de chaque couplet.

VI

— Doûs eùs coumo dins autres,
Mai plo lusents;
Mai plo lusents,
M'omour,
Mai plo lusents.

VII

O calho, paùro calho,
Coumo sout fachs?
Coumo sout fachs,
M'omour,
Coumo sout fachs?

VIII

— Sout blancs coumo las nivous,
Blès coumo lou ciàr;
Blès coumo lou ciàr,
M'omour,
Blès coumo lou ciàr.

IX

O calho, paùro calho,
Sount obourieùs?
Sount obourieùs,
M'omour,
Sount obourieùs?

X

— Ai tres petiots plo gentes
Mai un cachot-nieù;
Mai un cachot-nieù,
M'omour,
Mai un cachot-nieù.

XI

O calho, paùro calho,
Coumo te foùt?
Coumo te foùt,
M'omour,
Coumo te foùt?

XII

— Lou tres grands me becotout,
L'aùtre fait « Pieù! Pieù! »
L'aùtre fait « Pieù! Pieù! »
M'omour,
L'aùtre fait « Pieù! Pieù! »

XIII

O calho, paùro calho,
Dono-m'en un;
Dono-m'en un,
M'omour,
Dono-m'en un.

VI

— Des œufs comme dans les autres,
Même bien luisants;
Même bien luisants,
Mon amour,
Même bien luisants.

VII

O caille, pauvre caille,
Comment sont-ils faits?
Comment sont-ils faits,
Mon amour,
Comment sont-ils faits?

VIII

— Ils sont blancs comme les nues,
Bleus comme le ciel;
Bleus comme le ciel,
Mon amour,
Bleus comme le ciel.

IX

O caille, pauvre caille,
Sont-ils hâtifs (avancés)?
Sont-ils hâtifs,
Mon amour,
Sont-ils hâtifs?

X

— J'ai trois petits bien gentils,
Même un culot (dernièrement né);
Même un culot,
Mon amour,
Même un culot.

XI

O caille, pauvre caille,
Comment te font-ils?
Comment te font-ils,
Mon amour,
Comment te font-ils?

XII

— Les trois grands me caressent du bec,
L'autre fait « Pieù! Pieù! »
L'autre fait « Pieù! Pieù! »
Mon amour,
L'autre fait « Pieù! Pieù! »

XIII

O caille, pauvre caille,
Donne-m'en un;
Donne-m'en un,
Mon amour,
Donne-m'en un.

XIV	XIV
— So qu'o l'omour Dioù bailot,	— Ce qu'à l'amour Dieu donne,
Se donot pas ;	Ne se donne pas ;
Se donot pas,	Ne se donne pas,
M'omour,	Mon amour,
Se donot pas.	Ne se donne pas.

(30)

Autrefois quand Tulle ne possédait pas de cafés-concerts — ces ignobles beuglants — les jeunes gens allaient, les dimanches et fêtes, danser la ***bourrée*** dans les faubourgs, à Souilhac, etc. A défaut de musette et de violon, chacun des danseurs remplissait le rôle de ménétrier, chantant un air connu et, avec un bâton, frappant en cadence le plancher comme pour marquer la mesure. Parfois, le ménétrier intelligent abandonnait les paroles d'un air pour leur substituer des allusions sur les amours de telle ou telle jeune personne, ou sur les travers de quelque célébrité du jour. Il va sans dire que ces improvisations obtenaient le plus vif succès et qu'on aimait à les répéter dans la semaine quand ces allusions étaient bien réussies. La danse est toujours l'amusement favori de nos jeunes gens qui s'y livrent avec entrain non-seulement à Souilhac, à Saint-Adrian, mais au Balcon, à la Croix-de-Bar : la ***bourrée*** si pittoresque et si gaie y cède malheureusement le pas à la valse, au quadrille, à la polka et à la mazurka.

(31)

Pour les ***Bars éi tsoler***, nous renvoyons à ce que nous avons déjà dit à ce sujet, ci-avant p. 47. Voici à ce sujet la chanson de F. Bonnélye :

LOU BAR ÉI TSOLER	LE BAL AU LAMPION
I	I
Las lampes doùs riches	Les lampes des riches
Foùt poù éi ploser,	Font peur au plaisir ;
Ot mai de coprice	Il a plus de caprices
Poùs bars éi tsoler.	Pour les bals au lampion.
II	II
O vostras mérvelhas	A vos merveilles,
Prefére un poutou:	Je préfère un baiser :
Dins nostras bouréias	Dans nos bourrées
Nous embrossans tou.	Nous nous embrassons tous.
III	III
L'omour es voulage,	L'amour est volage,
Gardot soun ploser	Il garde son plaisir
Pei bar déi vilage,	Pour le bal au village,
Pei bar éi tsoler.	Pour le bal au lampion.
IV	IV
Oprés nostre oubrage,	Après notre ouvrage,
Donsams tous loùs ser,	Nous dansons tous les soirs
L'estieù jous l'oumbrage,	L'été sous l'ombrage
L'ivér éi tsoler.	L'hiver aux lampions.
V	V
Janétoun, se m'amas,	Janeton, si tu m'aimes
Ioù t'enrichirai,	Je t'enrichirai,
Chodenas é bagas	Chaînes d'or et bagues
Ioù te dounorai.	Je te donnerai.

VI

Qu'éi pas la poruro
Que fait lou bounur;
Jous l'abit de buro
Es be tot segur.

VII

Ploser qu'an portageot
Nous semblot doublad;
Chogrin qu'an soulageot
Léù es oùblidad.

VIII

Degun doùs fringaires
Naùsot m'outragea;
Ai catre grands fraires
Pér me proutegea.

IX

Degun ne pot véire
Dins vostras méijous,
Lo mio n'es de véire,
Es visible o toùs.

X

Souvent lo fortuno
Fait nostre malur;
Vieùre sens roncuno,
Ves-ti lou bounur.

XI

Jan me trobot bélo,
M'amot tendroment:
De li ésso fidélo
Li ai fa lou sorment.

REFRAIN

O gué! vivot lou soun
Déi vioùlon,
De las chobretas!
Venés, gorsous, drounletos
Ei bar éi tsoler.

VI

Ce n'est pas la parure
Qui fait le bonheur;
Sous l'habit de bure
Il est bien aussi sûr.

VII

Plaisir qu'on partage
Nous semble doublé:
Chagrin qu'on soulage
Tôt est oublié.

VIII

Aucun des danseurs
N'ose m'outrager;
J'ai quatre grands frères
Pour me protéger.

IX

Aucun ne peut voir
Dans vos maisons;
La mienne est de verre,
Elle est visible à tous.

X

Souvent la fortune
Fait notre malheur:
Vivre sans rancune,
Voilà le bonheur.

XI

Jean me trouve belle,
Il m'aime tendrement:
De lui être fidèle
J'ai fait le serment.

REFRAIN

O gué! vive le son
Du violon,
Des musettes!
Venez, garçons, fillettes,
Au bal au lampion.

Il y a environ quatre ans, un brave et digne enfant de Tulle, M. Badour, médecin principal de l'armée et directeur de l'Ecole de santé au Val-de-Grâce, avec lequel je suis heureux d'avoir les meilleures relations, qui affirme très haut son amour du pays et se plaît à parler notre doux langage, me pria de lui écrire quelques vers en patois sur les hommes marquants de sa chère ville natale. Je lui adressai les strophes suivantes dont on me demande la publication: les voici, vaille que vaille.

TULO E LOU BRAVES TULAUDS

Pèr tres pés obritado
E pèr dous rieùs bognado,
Tulo, en sous gals jordis couroùnado de flours,
Braves fieùs ot toujours.

I

Pértout lo Libérta fait frouja l'emogeno.
Brivo (1) ot doùs fieùs segnours : Malomort et Toureno,
Pùs tard Noalho end'oqueùs ; Ussèr ot Ventodour.
En sous abés d'ocord, Tulo n'ot pas de méstres
E, sens jamai crogna segnours, Ongles è péstres,
Libro restot toujours (2).
Pèr tres pés obritado, etc.

II

Eitobe, de tout tems, l'an vet dins lou viér Tuélo
De glourious efonts uno grando seguélo
Dins las armas, lous arts, las sinças è lou drè.
Doùs fieùs embossodours : *Jean de Sérbo* en Espagno
E *Boluzo* en Pologno. Endocon qu'un d'ieùs agno
Ochabot soun prouje.
Pér tres pés obritado, etc.

III

Cant lous treites segnours cresout o l'Ongletero
Pér toujours nous lieùra, nous tenout pas enquéro,
Et Tulaùds è péisants, tous quitout liours trobaùs
Edoulant « Tuélo ! Tuélo ! » é tous lous Ongles chassout
Coumo, pus tard, Toureno, un jour se débarassout
De tous fieùs Ugounaùds.
Pér tres pés obritado, etc.

IV

Bien ovant Poris, Tulo ot soun Académio
« L'Eglontino » oun chasqu'an, souvenir de so mio,
Théyssier donot doùs prix oùs joùnes troubodours.
Bibliothéco o Poris, que l'Uropo nous muso,
O lo jéi doùs sobents pèr té founda *Boluzo*.
Passot las nés, lous jours.
Pèr tres pés obritado, etc.

V

O Poris, o Bérves, péi-réi *Dumound* dessino
Lous topis lous pus béùs é sur lo tialo fino
Pintrot de grands tobléùs qu'éi Louvre ontan oùt pres.
Jiuste sobent, *Jorigeo* oùs Jiustes fait lo guèro :
Oquiéùs éléi de tuia, fuguét urous enquéro
D'ona mouri chas se.
Pèr tres pés obritado, etc.

VI

Entre oquieùs que déi péple estounot lou sort triste
E charchou o lou gori, *Melou* l'économiste,
En Sent-Simoun, Turgot, un doùs pourmiès fuguét.
Cant vérs catre-vint-déch, l'Ossemblado de Franço
De nostre péple en grieù foguét lo délieùranço
Gouttas lo présidét.
Per tres pés obritado, etc.

VII

Cant o tous lous tirans nostro Liberta sento,
Dins nostro viélho Uropo, envouïét l'espouvento,
Pèr nous escrosa quieùs siur nous tombout éi cot :
Lous soquétarams tous, en botalhas renjadas :
Tulo ot, en *Sarteloun*, dins las grandas ormadas,
Pér chéfs *Vialo* é *Vochot*.
Per tres pés obritado, etc.

---

(1) Jusqu'en 1789, Brive eut à lutter contre les puissants seigneurs, ses voisins, de Turenne, Malemort et Noailles, qui souvent lui imposèrent de dures conditions de suzeraineté, comme les Ventadour le firent à Ussel.

(2) Tulle, dès le siècle possédait une municipalité *Bonos viros* et, en entrant en fonctions, les abbés et les évêques juraient de respecter les franchises de notre antique capitale du Bas-Limousin où les Anglais eux-mêmes ne purent jamais établir leur domination.

VIII

O Poris, *Jan Bedoch* presidot l'Ossémblado
Doùs Deputas fronces en tres cots de renjado,
En milo iuéch cent cotorjé omai vint ans oprès;
Et cand l'engrat *Lonsa* brilhot dins lo pinturo,
Victor Borio escrit, coumo d'ogriculturo,
Déi Coumtoir lous decrets (1).
Per tres pés obritado, etc.

IX

Que n'en coumtams oné de glourious Tulistes
Grands sobents, generaùs, engeniours oube ortistes!
O Poris, coumo oillours, pértout nous foùt oùnour.
O l'Estitut de Franço ovéms lou bou *Delocho*,
Oquer l'einad *Perrier*, pèr sous trobaùs l'oprocho (2),
Lou joùne oùrot soùn tour.
Pèr tres pés obritado, etc.

X

Léi sout grands proufessours *Ventéjor é Rebiéiro*;
Doùs *Dumond* é *Lonsa, Soulié* sét lo coriéro;
Entre lous musiciens se distingot *Celor*;
Dermotto popiérs viso o lo Banco de Franço;
Morsilhou fait morcha — lous Porisiéns lioù fianço —
Lous chars o fi ressor (3).
Per tres pés obritado, etc.

XI

Bodour (4), éi Var-de-Gracio es réi de medecino
E l'intendant *Forot* lous abits, lo cuisino
De nostro ormado fait prepora sans défaùts.
Duvar é *Madelor* seroùt o nostro testo
Cand vendrot lo Revencho é botrems coumo pésto
Quieùs coùquis de Prussiaùs.
Pér tres pés obritado, etc.

XII

Coulounér *Marsilhou*, tout joùne é ple de sinço (5),
Sirot léù générar — é purot vostro absenço,
Feujeas, Chostan, Drapér trop léù rontrads chas nous.
Ovéms fis ingeniours dins grandas entreprisas:
Forot, Postrio, pértout; *Vossét* oùs forts de Mesas,
Morsilhou o Vesou.
Pér tres pés obritado, etc.

XIII

Que n'io enquéro chas nous, dinnes de nous éloges,
Que brilhorioùt oillours coumo *Fageo* o Limoges,
Julhet o Chateauroux, *Pivargeo* dins Ussét!
Omourous déi poïs, qu'éi ma'ici que se carout,
De liour cicle d'omijs raloment se separout;
Oillours cragnoùt l'enné!
Pér tres pés obritado, etc.

XIV

Doùs Sent-Avit, Choùmont opiédant lo mémorio,
Oprès Sage é Fovart, déi Borér sout lo glorio
L'ouneste é boun *Toinet, Sérager* lou poulid,
Lou fi *Tavé, Robes* — troubadour éi dous aires,
Tolin, Floucaùd que foùt présque oùblida liours paires,
Lou sobent *Sent-Avit*
Pér tres pés obritado, etc.

(1) Victor Borie était rédacteur en chef du *Journal d'Agriculture* et secrétaire général du *Comptoir d'Escompte.*

(2) Notre prédiction s'est réalisée: Edmond Perrier, mon parent et élève, est aujourd'hui membre de l'Institut, et son frère se distingue par des ouvrages scientifiques très estimés.

(3) Léon Marsillon, ancien ingénieur en chef de chemin de fer, mon parent, est récemment décédé directeur à Paris de la Compagnie des Omnibus.

(4) Badour a pris sa retraite à Palaiseau, près Paris, un joli nid où il avait depuis longtemps appelé ses vieux parents nonagénaires et où il soigne sa vieille mère et sa toujours aimable compagne.

(5) M. Marsillon a été nommé général et commande la brigade d'artillerie à Nîmes.

XV

Cloment-Simoun é *Roux* sount escrivèns de raço,
De nostre grand Boluzo oquer sèt plo lo traço,
L'aùtre doùs troubodour despassot las chonsous
Coumo ieùs *Locoumbo Oscar* es doùs pus fis que n'iajo
E fait poulids trobaùs — pas mièr qu'*Emile Fageo*
Qu'es counegud de tous
Pèr tres pés obretado, etc.

XVI

Ei *Miecar de la Negras* en bouidant la boutelho,
Oprès Sage et Locoumbo, oprès Vialo et Bounelho,
Chantout Tulo en bèùs vérs fronces ou limousis
E sabout otura dins poulido ossemblado
Lous sobents d'emproti pèr fa, chado mesado.
L'istorio déi poïs
Pèr tres pés obritado, etc.

XVII

Crésés qu'en quieùs bèùs noums qu'éi caùso ridiculo
D'oùvi dire oùs Tulaùds « Sèms fièùs d'èsse de Tulo » ?
D'aùtres endrets n'oùt mai, pèr tot paù d'obitant,
E quieùs grands noums, bèléù, léi se comtout pèr milo ?
Doùs nostres plo countents, souotans o touto vilo
Que n'en mostre otertant.
Pèr tres pés obritado
E pèr dous rieùs bognado,
Tulo, en sous gais jordis courounado de flours,
Braves fieùs ot toujours.

TULLE ET LES VAILLANTS TULLISTES

Par trois puys abritée
Et baignée par deux rivières,
Tulle, avec ses gais jardins couronnée de fleurs,
Vaillants fils a toujours.

I

Partout la Liberté fait fructifier l'intelligence.
Brive a d'orgueilleux seigneurs: Malemort et Turenne,
Plus tard, Noailles avec ceux-là ; Ussel a Ventadour.
Avec ses abbés d'accord, Tulle n'a point de maîtres
Et, sans jamais craindre seigneurs, Anglais et prêtres,
Elle reste toujours libre.
Par trois puys abritée, etc.

II

Aussi, de tout temps, on voit dans l'antique Tulle
Une grande suite de glorieux enfants
Dans les armes, les arts, les sciences et le droit.
De fiers ambassadeurs : Jean de Selve en Espagne,
Et Baluze en Pologne. En quelque part qu'un d'eux aille,
Il exécute son projet.
Par trois puys abritée, etc.

III

Quand les traîtres seigneurs du pays croient à l'Angleterre
Nous livrer pour toujours, ils sont loin de nous tenir,
Et tullistes et paysans, tous quittent leurs travaux
Criant « Tulle ! Tulle ! » et chassent tous les Anglais
Comme, plus tard, Turenne, ils se débarrassent
De tes féroces Huguenots.
Par trois puys abritée, etc.

IV

Bien longtemps avant Paris, Tulle a son Académie
« L'Eglantine » où chaque année, souvenir de sa fiancée,
Theyssier donne des prix aux jeunes poètes tullistes.
Bibliothèque à Paris, que l'Europe nous envie,
A la joie des savants pour te fonder Baluze
Passe les nuits, les jours.
Par trois puys abritée, etc.

V

A Paris, à Beauvais, pour le roi Dumond dessine
Les tapis les plus beaux et sur la toile fine
Peint de grands tableaux qu'au Louvre on a pris depuis peu.
Jésuite savant, Jarrige aux Jésuites fait la guerre :
Au lieu de tuer ceux-là, Jarrige est encore heureux
D'aller mourir chez lui à Tulle.
Par trois puys abritée, etc.

VI

Parmi ceux que le triste sort du peuple étonne
Et cherchent à le guérir, Melon l'économiste,
Avec Saint-Simon, Turgot, fut un des premiers.
Quand vers 1790, l'Assemblée nationale
De notre peuple attristé fit la délivrance,
Gouttes la présidait.
Par trois puys abritée, etc.

VII

Quand à tous les tyrans notre Liberté sainte
Dans notre vieille Europe envoya à l'épouvante,
Pour nous écraser ceux-là sur nous tombent tous à la fois.
Nous les secouons et chassons tous, en batailles rangées :
Tulle a, avec Sartelon, dans les grandes armées,
Pour chefs, Vialle et Vachot.
Par trois puys abritée, etc.

VIII

A Paris, Jean Bédoch présida la Chambre
Des Députés français en trois sessions consécutives :
En 1814, même vingt ans après ;
Et quand l'ingrat Lansac brille dans la peinture,
Victor Borie écrit, comme de l'Agriculture,
Du Comptoir d'escompte les décrets.
Par trois puys abritée, etc.

IX

Que nous en comptons aujourd'hui de glorieux Tullistes
Grands savants, généraux, ingénieurs ou artistes !
A Paris, comme ailleurs, partout ils nous font honneur.
A l'Institut de France nous avons le bon Deloche,
Celui-là l'aîné Perrier, par ses travaux, l'approche ;
Le jeune Rémy Perrier aura son tour.
Par trois puys abritée, etc.

X

Ils y sont (à Paris) grands professeurs Ventéjol et Rebière ;
Des Dumond et Lansac, Soulié suit la carrière ;
Entre les musiciens Celor se distingue ;
Delmotte les papiers vise à la Banque de France,
Marsillon fait marcher, les parisiens y ont confiance,
Les chars à fins ressorts.
Par trois puys abritée, etc.

XI

Badour, au Val-de-Grâce, est roi de médecine,
Et l'intendant général Forot les habits et les vivres
De notre armée fait préparer à la perfection ;
Duval et Madelor, généraux, seront à notre tête
Quand viendra la Revanche et que nous battrons comme [peste
Ces coquins de Prussiens.
Par trois puys abritée, etc.

XII

Colonel Marsillon, tout jeune et plein de science,
Sera bientôt général, et il pleure votre absence,
Feugeas, Chastang, Drapoeau, trop tôt rentrés chez nous.
Nous avons habiles ingénieurs de grandes entreprises :
Forot, Pastrie, partout; Vasset aux forts de la Meuse,
Marsillon à Vesoul.
Par trois puys abritée, etc.

XIII

Qu'il y en a encore chez nous, dignes de mes éloges,
Qui brilleraient ailleurs comme René Fage à Limoges,
Juilhet à Châteauroux, Puivarge à Ussel !
Amoureux du pays, ce n'est qu'ici qu'ils se plaisent,
De leur cercle d'amis rarement ils se séparent :
Ils craignent de s'ennuyer ailleurs.
Par trois puys abritée, etc.

XIV

Des Saint-Avid, Chaumont caressant la mémoire,
Après Sage et Favart, du Barreau sont la gloire
L'honnête et bon Toinet, l'aimable Sérager,
L'habile Tavé, Rabès — troubadour au doux airs —
Talin, Floucaud qui font presque oublier leurs pères,
Le savant Saint-Avit.
Par trois puys abritée, etc.

XV

Clément-Simon et Roux sont écrivains de race :
De notre grand Baluze celui-là suit bien la trace,
L'autre des Troubadours dépasse les belles chansons.
Comme eux, Lacombe Oscar est des plus fins qu'il y ait,
Et fait de jolis travaux, — pas mieux qu'Emile Fage
Qui est connu de tous.
Par trois puys abritée, etc.

XVI

Au demi-quart des puces en vidant la bouteille,
Après Sage et Lacombe, après Vialle et Bonnélye,
Ils chantent Tulle en beaux vers français ou limousins
Et savent réunir dans agréable assemblée
Les savants des environs pour faire, chaque mois,
L'histoire du pays.
Par trois puys abritée, etc.

XVII

Vous croyez qu'avec ces beaux noms ce soit chose ridicule
D'entendre dire aux Tullistes : « Nous sommes fiers d'être de Tulle » ?
D'autres endroits ont plus de noms pour si peu d'habitants,
Et ces grands noms, peut-être, s'y comptent par mille ?
Des nôtres bien contents, nous souhaitons à toute ville
Qu'elle en montre autant.
Par trois puys abritée
Et baignée par deux rivières,
Tulle, avec ses gais jardins couronnée de fleurs,
Vaillants fils a toujours.

Nous ne pouvons mieux terminer ces *Souvenirs Tullistes*, qu'en publiant cette suave chanson dans laquelle notre éminent compatriote, M. Deloche, membre de l'Institut, a, dans sa jeunesse, donné un libre essor aux sentiments patriotiques dont il ne s'est jamais départi. Elle ne contient que trois couplets, cette belle romance, mais elle exhale un parfum de naïveté et d'amour du sol natal incomparables. M. Deloche, lui-même, en a écrit la musique qui a un cachet d'originalité et de parenté avec les vieux airs du pays, et que nous avons toujours vu captiver et transporter ceux qui l'entendaient. Comme on ne trouve plus d'exemplaires de ce petit chef-d'œuvre jadis plusieurs fois imprimé et qu'on aime encore à chanter, nos lecteurs nous seront assurément reconnaissants de le retrouver ici.

JEANNE ET MA MONTAGNE

I

Sur ma pauvre montagne,
— En pays limousin —
J'ai le ciel pour voisin
Et Jeanne pour compagne !
Quand les champs brilleront,
Au loin, de fleurs sans nombre,
A peine, ici, dans l'ombre,
Quelques fleurs s'ouvriront !

REFRAIN :

Ah ! Jeanne et ma montagne (ma montagne) chérie,
Je les aimerai toujours,
Car l'une est ma patrie
Et l'autre mes amours !

II

Ma montagne est déserte ;
Mais, en la traversant,
A tout pauvre passant
Notre porte est ouverte ;
Si nous n'avons point d'or,
Le peu que Jeanne donne,
— Quand nous faisons l'aumône, —
Dieu le change en trésor.
Ah ! Jeanne, etc.

III

Pour ce mont solitaire
Si l'on m'offrait un jour
Avec un autre amour
Tous les biens de la terre,
Je dirais : « Gardez-les !
« J'aime mieux ma montagne.
« Sans ma pauvre campagne,
« Que serait-ce un palais ? »
Ah ! Jeanne, etc.

TULLE — IMPRIMERIE MAZEYRIE

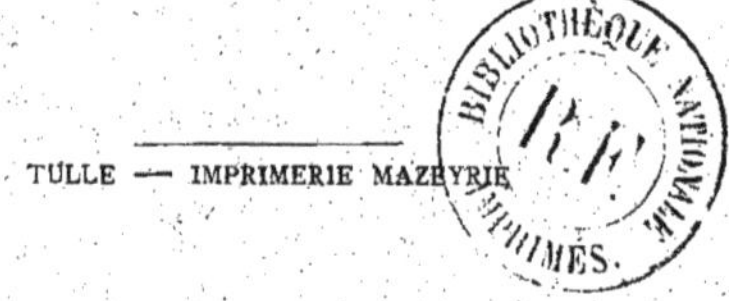

EN PRÉPARATION :

1° *Lo Moulinado;*

2° *Le Rétable de Naves.*

www.ingramcontent.com/pod-product-compliance
Ingram Content Group UK Ltd.
Pitfield, Milton Keynes, MK11 3LW, UK
UKHW020346250726
13967UKWH00005B/2138